구도(求道) 시인 최명숙

할머니, 동생과 함께_초등학교 1학년 때

서울로 이사오기 전 가족사진_셋째, 넷째 동생은 서울 와서 태어남

나의 형제, 자매_오른쪽 첫 번째가 나

부모님과 함께_고등학교 졸업식 때

수학여행에서 한승희 선생님과 반 친구들_오른쪽 두 번째가 나

시맥 동인들

방송통신대 졸업식

『시와 비평』 신인상 시상식

제5회 한국뇌성마비복지회 시낭송회

2002년 장애인의 날 대통령상 수상

故 김학묵 회장님, 이명구 전 KBS 국장님과 함께

불교박람회 저자 사인회

누구 시리즈 23

구도(求道) 시인 최명숙 - **누구 시리즈 23**
최명숙 지음

초판1쇄 발행 2023년 11월 1일

지은이 최명숙
펴낸이 방귀희
펴낸곳 도서출판 솟대
등 록 1991년 4월 29일
주 소 서울시 금천구 서부샛길 606, 대성지식산업센터 b동 2506-2호
전 화 02)861-8848
팩 스 02)861-8849
홈주소 www.emiji.net
이메일 klah1990@daum.net

값 12,000원

ISBN 978-89-85863-93-3 03810

주최 사 한국장애예술인협회

후원 문화체육관광부 한국장애인문화예술원 Korea Disability Arts & Culture Center

구도(求道) 시인 최명숙

최명숙 지음

비틀거리며 걷던 길 위에서 만난 그대

여는 글

누군가에게 길 하나 내주고 잠시 쉴 여유를 주는 삶이라면

봄이 시작될 무렵 새로운 시작에 고민하다 봄은 가고 여름을 지나 가을의 한가운데 머물렀다가 겨울의 끝자락에 서 있는 나를 봅니다.

서 있는 그 자리는 옷깃 사이로 파고드는 바람이 한겨울 못지않게 매서우면서 봄은 어김없이 올 준비를 하고 땅은 욱신욱신 풀리고 있었습니다. 계절은 그리 60여 년을 오고 갔습니다. 날마다 해가 뜨고 지듯이 다시 온 계절은 한번도 경험해 보지 못한 혼란이 기다리고 있습니다. 그 혼란에 묶인 채 삶은 봄날의 안개 속같이 답답하곤 했습니다.

그러한 일상의 답답함 속에서도 마음의 길은 자유로워 어제와 오늘의 길을 왔고 내일로 가는 길을 냈습니다.

2023년, 올해는 한국장애예술인협회의 누구 시리즈에 참여하는 영광을 누리게 되었습니다. 스스로 돌아보기 쉽지 않은 나의 삶을 어린 시절로 회귀하여 다시 현재까지 걸어 보았습니다. 내가 살아온 길을 마음 밖에서 들여다본 것입니다. 그 길 위에는 장애로 인한 가슴 아프고 슬펐던 일들이 여기저기 산재해 있었습니다. 아직 가슴 속 깊은 곳에 숨어 가시지 않은 것들도 있었습니다.

또한 삶의 길목마다 어머니와 가족이, 선생님, 나 자신을 바로 들여다보면서 수행의 바른 길을 인도해 주신 스님, 그 외 많은 사람이 기다리고 있었습니다. 그들은 나를 보듬어 주고 일으켜 주고, 이끌어 주고, 밀어 주고 있었습니다. 아직도 그들은 지금도 동행이 되어 주고 있습니다.

사람들이 서 있는 길을 지나면 마음이 쉴 터가 보였습니다. 때로는 수려한 산세에 안긴 산사이기도 했고 수국이 피고 풍경이 우는 암자의 너럭바위이기도 했습니다. 산새 소리가 가득한 날도 있었고 안개가 밀려도 왔으며 만장 같은 나무들이 수런거리기도 했습니다. 그것들은 세상 어디를 가든 내 생의 일부로 시가 되고, 수행이 되고 다른 이를 위한 계획과 실천이 되었습니다. 그저 일상의 삶으로 걸었던 마음의 길이 되어 소소히 적은 시들도 따라왔습니다.

누구 시리즈에 참여하게 된 것을 감사하면서 나의 시와 사람들과의 인연 이야기를 적었습니다. 이 책을 읽는 누군가의 길 하나 내주고, 잠시 쉴 여유를 주었으면 하는 바람입니다.

2023년 무더위 어느 날

최명숙

차례

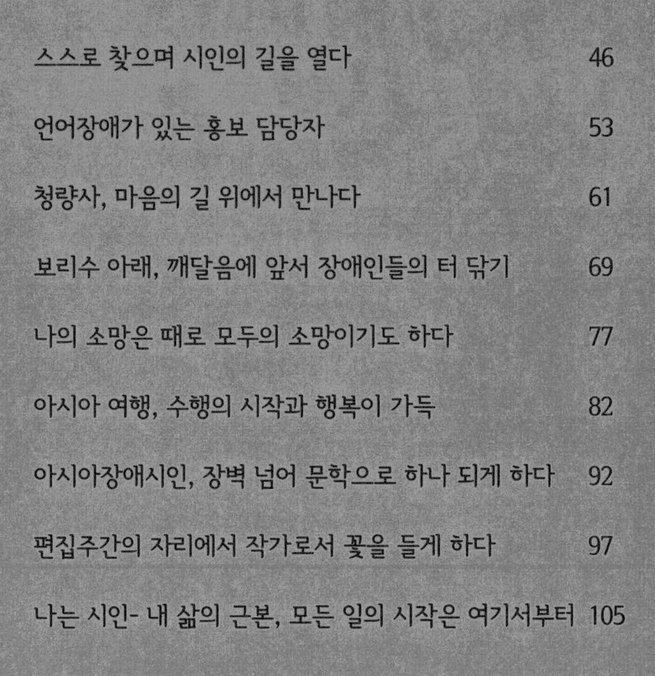

나의 형제, 자매_오른쪽 첫 번째가 나

세상에 한 달 먼저 나온 까닭에

…

자연 속에 섰는 한 그루의 보리수나무를 보면 세상의 한 구성원으로 태어난 나의 삶도 그 나무의 삶과 닮지 않았느냐고 스스로 물어본다. 비바람도 맞아 큰 가지가 꺾이고 살을 에는 추운 겨울날도 견뎌 가며 나무에는 때가 되면 잎을 푸르게 자라고 꽃도 피고 열매도 맺는다. 사람들은 잎을 따서 책갈피에 넣기도 하고 꽃을 아름답게 바라보고 열매는 일상에서 유용하게 쓰인다. 제 역할을 제대로 하는 나무는 참 아름답다.

장애가 있는 나의 모습은 큰 가지 한쪽이 꺾인 채 사는 숲의 이름 없는 나무 한 그루 같다.

'모양은 볼품이 없어도 때가 되면 잎이 나고 꽃을 피우고 열매를 맺으며 제구실을 다하는 나무와 같이 세상의 일원으로 사는 삶이 참 행복한 삶이라는 것을 살다 보면 알게 될 거다. 잘나기 위해서가 아니라 내 구실을 잘하기 위해서 노력은 해야지.'

서울로 이사오기 전 가족사진_셋째, 넷째 동생은 서울 와서 태어남

어머니가 강조하신 말씀은 지금의 나를 키웠다.

이것은 자연 속에서 태어나고 어린 시절을 보낸 춘천 의암호에서도 한참을 산골로 들어간 고향에서 시작된 것이다.

나는 강원도 춘천 작은 시골 마을에서 열 달을 다 채우지 못하고 구삭동이로 세상에 나왔다. 어머니는, 1960년대 초 당시 시골에는 조산원이나 산부인과가 드문 시절이었으니 의료시설의 도움 없이 난산으로 태어나는 과정에서 뇌 손상으로 뇌성마비장애를 갖게 되었을 것이라고 짐작하신다. 돌이 지나도 목을 잘 가누지 못하고 팔다리를 의지대로 움직이지 못했다. 걷는 것도 제대로 걷지 못하고 말하는 것도 인상이 일그러지면서 시원스레 하지 못했다.

어머니와 할머니는 '어디 뼈가 잘못되었는가?' 싶어 여리디여린 나의 몸을 목부터 발가락 끝까지 관절을 마디마디 모두 만져 보셨다고 한다. 아무리 살펴보아도 몸에는 이상이 없어 시내 병원에 데리고 가니 의사가 '조산이라 발육이 늦은 이유니 기다려 보라.'고만 했다. 의사의 말대로 늦돼서 그러니 더 크면 좋아지겠거니 하셨다. 초등학교 1학년 생활기록부와 건강기록부에는 조산아로 활동 부진이라고 쓰여 있었다.

뇌 손상으로 생긴 장애임을 안 것은 초등학교 신체검사 때였다. 키, 체중 등을 재고 내과 진료하는 의사 앞에 앉았다. 담임 선생님께서 아이가 소아마비는 아닌 것 같고 몸이 불편해 활동이 늦는 거냐고 물으시니 의사는 뇌의 손상을 입어서 생긴 뇌성소아마비 같다고

할머니, 동생과 함께_초등학교 1학년 때

했다. 연세가 있는 의사가 뇌성마비 아닌 뇌성소아마비라고 한 것은 1970년대 초 우리나라의 재활의학이 막 활성화되기 시작한 단계에서 의사 역시 뇌성마비에 대한 단어가 일반화되지 않았고 뇌성마비장애가 있는 아이들은 외부 활동이 적어 알려지지 않은 까닭인 듯하다. 내가 초등학교부터 고등학교까지 특수학교 아닌 일반 학교에 다니는 12년 동안 뇌성마비장애 학생은 나 혼자였다.

나는 여섯 살이 되어서 턱이 높은 안방 문지방을 잡고 일어섰다. 설날 오후 부모님이 세배 온 손님을 배웅하고 돌아오니 문지방을 짚고 내가 서 있었다고 한다. 그날 이후 고향집의 환경은 나의 재활치료의 장이 되어 주었다. 우리 집은 요새 드라마에서만 볼 수 있는 안채와 사랑채가 떨어져 있는 초가집으로 울타리도 나무 울타리였고 대문도 사립문이었다. 배가 서너 개 달렸던 대문 옆의 수령 높은 배나무가 집을 지켰으며 집 앞의 개울과 징검다리, 송홧가루 날리던 뒷동산, 김매는 어머니를 따라가서 놀던 밭 등등 고향의 풍경은 참 아련하고도 고운 추억으로 남아 있다. 나의 심성과 정서를 투명하고 건강하게 자라게 해 시인으로 성장하는데 바탕을 만들어 주었다.

아이들과 잘 뛰어놀지 못했던 나에게 나무 울타리는 좋은 놀이터 겸 친구였다. 울타리를 잡고 울타리를 도는 일은 나의 다리 힘을 기르고, 순간순간 뒤뚱거리는 걸음의 균형 감각과 일상동작 훈련을 시키는 물리치료와 작업치료실이 되었다.

봄이 되면 울타리 밑에 군데군데 호박 모종을 심어 키웠다. 할머니는 울타리를 도는 동안 호박 모종을 한번도 밟은 적이 없어 참 대견했다고 몇 번 말씀하신 적이 있다. 호박 모종을 밟지 않으려다 뒤로 벌렁 넘어지기도 하고 울타리를 놓고 기우뚱기우뚱하며 몇 발짝 걸어가서 울타리를 다시 잡는 것을 수도 없이 반복한 것은 아무것도 잡지 않고 혼자서 중심을 잡고 걷는 연습이 되었던 것이다.

징검다리가 넘치지 않을 만큼 자작자작 흐르던 개울에 앉아서 피라미가 노는 것을 보고 흐르는 물길에 동생이 따온 꽃잎을 띄워 보내기도 하였고 김매는 어머니를 따라가서 놀던 고구마밭도 기억난다. 지금 생각해도 오늘날 나를 시인으로 정서를 갖도록 키워 준 최고의 놀이터였다.

그리고 가족들이나 동네 사람들은 나의 장애를 자연스럽게 받아주어 모두가 심각하지 않았기에 어린 나 또한 나의 장애가 자연스러웠던 것도 같다.

입학, 어머니의 바람과 기도로 꿈을 심다

…

어머니는 학교 갈 나이가 다가오자, 걱정을 많이 하셨다. 한글이야 가르쳐서 떼게 하면 된다지만 한 시간도 넘는 시골길을 걸어서 학교를 보낼 일이 까마득했다고 하셨다.

초등학교에 가려면 어머니의 등에 업혀 개울을 건너야 했다. 매일 아침, 어머니는 나를 업고 징검다리를 건너시며 주문처럼 내게 말씀하셨다.

"이다음에 우리 명숙이, 네가 가고 싶은 곳에 혼자 찾아갈 수 있을 만큼만 잘 크면 좋겠구나."

"응…."

"너의 이름이 세상에 나는 것보다 사람의 맘을 어루만져 주는 일을 할 수 있다면 얼마나 좋을까? 엄마는 그게 늘 바람이야. 기도이기도 해."

나는 가만히 듣고만 있었다. 그렇게 어머니의 등에 업혀 개울을 건너며 다녔던 초등학교 1학년의 봄날은 참 행복하기도 했고 그 속에 숨은 어머니의 슬픔과 걱정이 잔잔히 느껴졌다. 그리고 어머니께서 이런 말씀도 하셨다.

"저 아래 절에 사시는 스님께서 그러셨어. 모든 것은 다 네 마음에서 이루어지고, 바른 마음을 간직하고 살면 좋은 인연이 찾아올 거라고, 너에게 이 말을 자주 해 주라고 하셨단다."

이 말은 장애로 인해 몸이 자유롭지 못한 딸을 가진 어머니가 스스로 다짐한 평생 기도문이었을 것이다. 그리고 결국 그 간절한 기도가 있어 내가 가고 싶은 곳을 갈 수 있고 세상 속에서 나의 역할을 찾아 열심히 살 수 있었다.

초등학교에 입학한 후, 매일 학교에 데려다 주시던 어머니는 농사철이 되자 매일 그럴 수가 없었다. 하루는 개울만 업어 건너 주시고는 학교까지 혼자서 가라고 하셨다. 그러고는 잘 가는지 걱정이 되어 멀리서 나의 뒤를 밟으셨다. 나는 몇 번 넘어지고 늦긴 했지만, 학교에 잘 도착했다. 수업 시간 시작을 몇 분 안 남기고 학교 교문을 들어섰는데 어머니가 어디선가 달려오셔서 옷에 묻은 흙을 털어 주시고 "늦겠다, 어여 들어가!"라고 하셨다.

그날 운동장에 서서 얼른 들어가라며 손짓하시던 어머니의 모습이 아직도 아른거린다. 교실에 나를 들여보내고 집으로 돌아오면서 한

없이 눈물을 흘리셨다고 한다. 내가 자라는 동안 어머니가 장애가 있는 나를 키우며 혼자 삼키셨을 아픔이 얼마나 많을지 짐작할 수 없어도 당사자인 나 자신보다 삶의 무게가 얼마나 무거웠을지를 살면서 생각하게 되었다.

성인이 되어 폐교된 학교를 우연히 찾게 되었을 때 처음 혼자서 학교에 가던 날 운동장에서 서서 어서 들어가라고 손짓하던 어머니 모습을 그리며 시를 한 편 썼던 적이 있다.

어머니의 노래

갈색 지붕의 낡은 건물/그건 나의 작은 학교였어
내 나이 아홉 살의 봄이 찾아왔을 때
운동장 한가운데 서서/어서 들어가라고 손짓하던
어머니의 목소리는/지금도 때때로 생각나
어머니의 등에 업혀 가던 등굣길
그 길 위의 나무들과 모든 새들/꿈을 노래했었지
어린 나는 잘 몰랐었어/하지만 나의 어머니는 알고 계셨지
바람 속에서도 나의 꿈이 커 갈 것을

초등학교는 전교생이 200명도 안 되는 작은 학교로 1학년은 스무 명 정도 되었다. 담임 선생님은 필기를 잘 못하는 나를 위해 아이들이 필기하는 동안 나의 필기도 도와주셨고, 과목이 뒤처지지 않게

부모님과 함께_고등학교 졸업식 때

살펴 주셨다. 선생님의 그 살핌이 있었기에 학교생활을 내내 잘할 수 있는 기본이 되었다는 생각을 지금도 한다.

어머니가 걸음이 불편한 나를 데리고 자주 다니셨던 곳이 있다. 그곳은 초등학교 옆에 있던 절이다. 어머니는 나의 손을 잡고 절로 올라가는 구불구불한 길을 꽤 오래 걸었던 것으로 기억한다. 법당에 들어가면 신기한 것이 뭐가 그리 많은지 나는 뒤뚱거리면서도 법당 안을 이리저리 신나서 돌아다녔다. 부처님의 얼굴을 한번 만져 보겠다고 덤비는 나를 막느라 어머니는 진땀을 흘리셨다. 그냥 놔두라 하시던 스님의 따뜻한 미소와 절 앞마당으로 따사롭게 내리쬐던 햇살이 참 좋았다. 그 덕에 불교에 친숙하게 다가가게 되었다.

'남이 너에게 양보하기를 바라지 말고 네가 먼저 양보하라.'

절에서 내려오는 길에 어머니는 삶의 당부처럼 말씀하셨었다.

장애로 인해 남에게 도움을 받고 살아야 함을 맘에 새기고 계셔서였는지 어릴 때부터 다른 사람에게 폐가 될 일은 하지 말라고 입버릇처럼 말씀하셨다. 어머니는 '장애가 있으니 좀 봐달라!'는 식의 말은 하지 않았을 뿐더러 그런 생각 자체가 없으셨다. 걸음이 이상하다고 아이들이 놀리든 말든 사람 많은 장소에 가면 시선이 집중되든 말든, 별 반응 없이 남들과 똑같이 대하셨다. 어머니의 그런 가르침은 장애가 있어 생기는 크고 작은 갈등을 크게 생각하지 않고 넘기게 했으며 살면서 나의 장애를 스스로 인정하게 했다.

초등학교 2학년 때 춘천의 시골집을 떠나 아버지 직장을 따라 식구들 모두 서울로 이사를 했다. 서울에서 생활은 시골과는 매우 달랐다. 우선 시골 학교는 한 반이 20명밖에 안 되고 모두가 아는 한 마을 친구였지만 전학해 온 학교는 한 반이 79명에 18반까지 있고 오전과 오후반이 있어 거대했다. 학생이 많은 학교 환경은 무척이나 낯설었다. 시골 학교에서는 나의 느리고 불편한 걸음과 어눌한 말을 선생님과 학생들이 기다려 주었지만, 전학해 온 서울 학교에서는 기다려 주는 사람이 드물었다. 서울에 와서야 뇌성마비장애가 삶에 큰 핸디캡이라는 것을 자각할 수 있었다.

어머니는 따로 학교에 찾아가 장애가 있으니 잘 봐달라는 부탁을 하지 않았다. 바보라고 놀리는 아이들이 많다는 걸 알면서도 나를 붙들고 '몰라서 그러는 거다, 네가 참으렴.' 이런 말도 하지 않았다. 어머니는 내게 일어나는 일상을 스스로 대면하고 감당하도록 무심히 내버려 두는 게 나의 내면을 단단히 하는 것이라고 믿었기 때문이다. 이러한 어머니의 믿음은 학교 공부도 곧잘 하고 글도 잘 쓰는 아이로 만들었다. 5남매의 맏이인 나를 동생들이 언니로서 누나로서 믿고 의지하게 했고 나 또한 맏이로서 자리에 제대로 서게 하셨다. 하지만 어머니는 내게 힘에 부쳐서 할 수 없는 일은 분명히 할 수 없다고 의사표시를 하게 하고 시키지 않으셨다.

어머니는 설탕 등 소소한 물건이 떨어지면 나를 불러 구멍가게에 가서 사 오도록 했다. 발음이 정확하지 않으니 가게 주인이 알아듣지 못해 애를 먹을 줄 알면서도 심부름을 시키고 동생 중 한 명은 나의 손을 잡고 따라나서도록 하셨다. 일상의 소소한 일에서부터 동생들에게 나를 배려하는 마음을 갖도록 하려는 뜻이었음을 커서 알았다.

'할 수 있는 것은 하고 못하는 것은 억지로 할 수 있다고 하지 마라.'

어머니의 말씀은 어린 내게 장애로 일어나는 것들에 대해 수용하면서 긍정할 줄 알게 했다. 그 좋은 예가 학교 체육 수업에서였다. 늦게라도 달릴 수 있어 달리기는 했고 철봉 매달리기는 할 수 없다고 선생님께 말씀드리고 하지 않았다. 체육 과목은 아무것도 못하는 아이로 체육 시간에 혼자 교실에 남아 있는 일은 없었다.

그때만 해도 학교 전체에 소아마비 학생이 서너 명이 있었지만, 뇌성마비 학생은 나 혼자뿐이어서 놀림의 대상이 더 되었다. 악동은 어디에나 있는 법, 화장실까지 따라와 놀리는 아이들도 있었다. 속은 상했지만 심각하게 받아들이진 않았다. 진심으로 이해해 주는 착한 친구들이 있었기 때문이다. 학년이 올라갈 때마다 다정한 친구가 나타났다. 가방도 들어주고 미처 준비하지 못한 준비물을 나누어 주었으며 방패막이도 되어 주었다. 놀리는 아이 열 명에 대한 속상함을 그 착한 한 친구가 상쇄시켜 주었다. 그 친구들은 신이 보내 준 선물 같았다.

나도 모르는 사이에 미래를 준비한 시간들

...

다시 돌아보면 친구들에게 받는 편견과 놀림보다 더 마음에 상처를 입은 것은 선생님들의 태도였다.

선생님 대부분은 다른 학생들과 차별 없이 나를 대했지만, 학년마다 한두 명의 선생님은 언어장애로 읽거나 말하는 게 어눌하던 나에게는 아예 기회를 주지 않았다. 그럴 때면 '언제 내 번호가 불릴지 긴장하지 않아도 되니 좋다.'라고 픽 웃으면서도 보이지 않는 상처를 받기도 했다. 학과목마다 담당 선생님이 다른 중·고등학교 때는 '이런 장애를 가진 아이도 있구나!' 하는 표정으로 신기하게 바라보는 선생님도 있었다. 아이들의 시선보다 선생님들의 그런 태도가 심적으로 혼란스럽고 참 힘들었다.

학교에 등교하면 수업 시간에 책을 읽는 일, 영어 시간에 선생님이 부르는 문장을 쓰거나 국어 시간에 시를 외워서 받아쓰기하듯 쓰는 과제, 타 과목의 실기 등은 때때로 상처가 되었다. 엄밀히 말하면 상처라기보다 어려움이 컸다고 해야 맞겠다.

한번은 가정 선생님께서 필기시험 점수가 높으니 이쁘지 않은 나의 자수 실기 점수를 필기 점수에 비례해 주신 적이 있었는데 한 친구가 이렇게 못한 자수가 어찌 자신의 점수와 같을 수 있느냐고 투덜댔다.

선생님께 나 자신이 보아도 가정실기는 다른 아이들에 비해 떨어지는 것이 사실이니까 다른 아이들보다 점수를 잘 주지 마시라고 하곤 조퇴를 해 버렸던 일이 있었다.

그런 와중에서도 학교생활에 활력을 주는 일들도 많이 일어났다. 모든 면에서 두각은 못 나타냈지만 작은 것이라도 참여할 수 있는 것은 열심히 참여한 노력의 결과이기도 했다. 교내 백일장과 시화전에서 입상하면서 국어 선생님의 관심을 받게 되고 의례적으로 들게 되었던 특별활동반 문예반 활동도 작가에 대한 꿈을 꾸며 열심히 했었다. 선생님은 국어 시간에 아이들에게 시를 외워서 쓰는 쪽지시험을 내셨는데 손에 장애가 있어 필기가 어려운 나는 시를 열 번 더 읽게 하시고 쓰느라 애쓰지 않게 해 주셨다. 문예반 활동도 잘 살펴주셨다. 선생님은 시인과 문학평론가로 지금까지 활동하고 계신다.

또 하나는 불교학생회 활동이다. 고등학교 입학식 날, 앞에 나란히 줄 서 계신 선생님 사이에서 시야에 들어오는 선생님은 두 분, 작은 체구의 수선화같이 고운 담임 선생님과 부처님 얼굴을 닮은 국사 선생님. 바로 불교학생회 지도법사(청보리회 초창기) 김재영 선생님이다. 동아리 활동을 하고 싶은데, 장애가 있는 내가 마땅히 들어

갈 곳이 없어 고민이 되던 차에 부처님 얼굴을 닮은 선생님이 지도하신다는 불교학생회에 관심이 갔다. 어린 시절 어머니 손을 잡고 절에 가던 추억도 떠올랐다. 그래서 주저 없이 가입한 동아리가 불교학생회이다. 어린이불교, 청소년불교가 전무하고 전국을 통틀어 불교학생회가 10여 곳에 불과했던 시기에 만들어졌던 동덕여고 불교학생회의 명성은 대단했고 대학에 들어간 선배들이 소속 대학에 불교학생회를 만들어 활기차게 활동하던 시기다.

창신동에 있던 학교가 조계사와 가깝던 관계로 조계사에서 수계 법회도 보고, 젊은 무진장 스님께서 오셔서 법문도 해 주셨던 기억도 난다. 나는 늘 구석에 조용히 앉아 있으면서 그리 활동을 활발히 하지는 않았다. 상황을 살펴서 축제나 수련회 등을 빠지기도 했다. 어느 날 김재영 지도 선생님께서 대한불교조계종총무원에서 펴낸 불교성전을 주시면서 불교학생회 도서이니 읽은 후 반납하라고 하셨다. 하지만 그 책은 40여 년간 나의 책장에 그대로 머무르고 있다. 날마다 끝까지 읽어 달라면서 말을 걸고 있지만 아직도 미완이다. 반납하기 싫었던 이유는 생각나지 않는다.

정기모임인 불교학생회 법회가 있던 날 발원문을 써서 대중 앞에서 발표하는 기회가 생기고, 힘든 날도 기쁜 날도 일기처럼 했던 나 자신을 위한 기도는 나의 정서가 바르게 성장하도록 했고 훗날 시인이 되는 것에 큰 영향을 주었다.

불교학생회에서는 매년 4월 초파일이 되면 연꽃들의 행진 행사를 했다. 1971년부터 시작된 '연꽃들의 행진'은 청소년 불자들이 참여해

합창, 연극, 탈춤 등의 공연을 펼치는 축제의 무대였다. 축제가 열리는 날에는 크게 역할을 한 것도 아니면서 설레는 날이었다.

현재 대표로 있는 불교와 문화예술이 있는 모임 "보리수 아래"를 만들게 된 것도 불교학생회 활동을 한 경험이 있었기 때문이다. 좋은 인연들이 전생부터 수만 겁이 쌓여 맺은 인연의 결과라는 생각을 했다. 내 안에 좋은 인연의 종자로 심어졌다가 필요한 시기에 수행과 실천의 싹을 틔운 것이다.

선생님, 우리 선생님

…

대학입시를 보아야 하는 고등학교 생활은 정규 수업과 야간자율학습까지 있어 나는 체력적으로 심적으로 힘이 들었다. 이것을 다독여 주고 지치지 않도록 잡아 주신 것은 1~2학년 2년 동안 담임을 하신 선생님이다. 학교에서의 어머니 역할을 해 주셨었다.

선생님께 나는 애물단지 학생이었는지도 모르겠다는 생각을 한 적도 있다. 죄송하기도 했다. 아파서 결석을 하거나 조퇴를 종종 했던 나로 인해 반출·결석 성적에 마이너스가 되어 우리 반이 우수반이 되지 못한 경우도 있었기 때문이다.

선생님과 일화 하나가 떠오른다.

고등학교에 입학을 한 후 학부모 상담이 있었다. 어머니가 상담하러 오신 날은 붉은 벽돌로 된 본관 앞 계단 옆에 큰 목련나무 꽃이 유난히 환하던 날이었던 것으로 기억한다. 선생님과 어머니의 면담은 그리 길지는 않았다. 어머니는, 내가 상급학교와 학년이 올라

수학여행에서 한승희 선생님과 반 친구들, 오른쪽 두 번째가 나

갈수록 체력이 떨어져 힘들어하고 성적도 떨어지는 것을 염려하시면서 대학보다는 고등학교를 즐겁게 다니고 졸업을 잘하면 더 바람이 없다고 하셨단다.

그러나 어머니는 장애 때문에 차별받거나 아이들에게 소외되지 않게 해 달라는 말씀은 하지 않으셨다. 초등학교와 중학교 때도 어머니는 학교는 잘 찾아가지 않으셨고 장애가 있어서라는 말은 절대 하지 않으셨다. 장애로 인해 겪는 일들은 힘들더라도 내가 스스로 부딪치면서 견뎌야 하고, 수용해야 하는 일이라 믿으셨기 때문이다. 선생님과 나는 어머니가 그렇게 하시면서 뒤에서 흘리셨을 눈물에 관해 대화를 나눈 적도 있다.

선생님은 면담이 끝난 후, 나와 어머니가 인사를 하게 하시고는 어머니를 교문 앞까지 배웅하셨다. 어머니는 돌아가시기 전까지 면담 날 선생님의 '특별한 배려'를 추억하며 감사하셨다.

내게 교정의 계단이 오르기도, 내려가기도 벅찬 '장애물'이었던 만큼, 각 과목 수업마다 속도를 따라잡는 것도 큰 걸림돌이 되어 쉬운 일은 아니었다. 때마다 잘 정리된 친구의 노트를 복사해 주시기도 하고 교과목 선생님들께 내가 수업을 힘들어하는지도 물어보셨다고 한다. 형제가 많은 탓에 학생이 많은 집안 형편을 고려해 장학금을 받게 해 주시고 학교 행사 때 소외되지 않도록 시화전 등 참여 방법을 찾아 참여하도록 해 주신 덕분에 내게는 많은 기회가 있었다.

한승희 선생님과 함께(출처: 경향신문)

어찌 보면 공부를 잘했으면 좋은 대학에 들어가는 것도 좋았겠지만 공부보다 선생님의 배려로 얻은 많은 경험이 장애를 가진 나에게는 졸업 후 사회생활을 하는 데 좋은 양분이 되었다. 졸업 후에 나의 활동 소식을 들은 선생님들은 학교 성적과 사회생활은 비례하지 않는다고 하셨다 한다.

선생님과 인연은 졸업 후에도 이어져서 내가 상을 받거나 좋은 일이 있을 때는 늘 축하의 전화를 주시고 1991년부터 2016년까지 재직한 한국뇌성마비복지회를 후원하셨다.

선생님과 자잘한 일상의 에피소드들은 늘 미소를 짓게 했다. 선생님은 '아침 먹고 다녀라! 시집은 언제 가니?' 잔소리를 늘 하셨다. 함께 식사할 때면 장애가 있는 나에게 손수 국물을 떠 주면서 '너 이건 역차별이야.'라고 농담도 하셨다. 선생님은 혼자 직장을 다니면서 사는 나의 집으로 장조림, 떡 등 반찬을 보내 주시기도 한다. 내가 결혼을 안 하고 홀로 사는 게 걱정되신 선생님은 시집 언제 가냐고 묻곤 하셔서 '저 시집을 여러 권 내서….'라고 말씀드리며 웃곤 했다. 엄마 마음과 똑같다는 생각이 들어 따뜻했었다.

선생님은 정년퇴임을 하시고 수필가로 등단을 하시고 활동을 하셨다. 선생님께 제자로서 선물을 해 드리고 싶었다. 고민 끝에 내린 결정이 선생님과 2인 작품집을 내는 것이었다. 2013년 '스승이 쓰는 수필, 제자가 쓰는 시-목련꽃 환한 계단에서의 대화'라는 제목으로 선생님의 수필과 나의 시를 함께 수록한 책을 펴냈다. 책을 낸 것은 스승과 제자는 세상에 셀 수 없이 많지만, 선생님과 나와 같은 사이는 흔히 볼 수 없는 관계이기 때문이다. 내가 아무리 문학에 잠재적 능력을 갖춘 학생이라 해도 선생님과 같이 나를 보듬고 밀어주고 잡아 주는 사람이 없었다면 불가능했을 것이다.

선생님이 자잘하게 안겨 준 기억은 힘든 일을 겪을 때마다 윤활유처럼 힘이 됐다.

내가 장애인이라 차별받는다고 생각하기 전에, 비장애인 입장에서 한번 생각해 볼 여유를 주셨었다. 그 덕에 장애를 장애로 여기지 않고 바른 인성을 키우고 사람의 온기가 있는 삶을 살고 있을 것이다.

여기서 이렇게 열심히 살았다는 이야기보다 학창 시절 선생님 이야기를 많이 한 것은 나의 모든 성장은 그분들과 함께한 데서 비롯되고, 그분들이 만들어 준 것이기 때문이다.

나 여기 있다고 소리치는 내가 아니라 군중 속에서 나의 존재가 있다는 것이, 파도가 밀려가듯 꽃의 향기가 점점 퍼지듯 알려지는 것은 참으로 중요하였다. 내가 있다고 소리치면서 알아 달라고 하는 게 아니라 어울려서 가다 보면 어느 날 갑자기 내가 커 있는 것이다. 부모님과 형제자매, 선생님, 친구들 그리고 사회 구성원 모두가 나를 성장케 하는 물을 주고 거름을 주었던 것이다. 순간순간 감사하다 보면 그들이 다가왔다가 이별도 하면서 내가 보이고 알아봐 주는 것이다.

초등학교 1학년부터 고등학교 3학년까지 12년간의 학창 시절은 일생을 동행해야 하는 뇌성마비장애가 때로는 바보가 되고 아무것도 할 수 없는 아이가 되고, 내 능력보다 과대평가되기도 하고, 사춘기, 대학입시 등 환경변화에 갈등하며 좌절하면서 포기해야 하는 일이 많았다. 이 시기는 슬퍼 보이고 힘들어 보였으나 그 힘듦 속에 희망이 피어나는 시기였다. 그리고 섬처럼 고립되거나 내동댕이쳐진 돌멩이처럼이 아니라 세상으로 들어가 홀로 서는 나로 성장하는 시기였다.

사람들에게, 비척거리며 걷고 일그러지는 얼굴은 언어장애로 말도 안 되고 진짜 바보스럽게 보이는 것은 당연한 일이다. 그러나 정작 나는 내 장애에 대해 심각하지 않았던 시기다. 할 것은 하되 하지 못하는 것은 못하는 것으로 받아들이며 나를 다져 가는 시기였다.

잠시의 소강상태, 장애에 대해 새로이 깨닫다

...

고등학교를 졸업하고 바로 대학 진학을 하지 못했다. 대학에 가기 위해 재수를 해야겠다는 의지는 없었다. 대학에 대한 열망이 적었던 데는 학교 성적이 뛰어난 것도 아니었고 어떤 분야를 전공해서 무엇이 되겠다는 뚜렷한 목표가 없는 상태에서 대학 면접시험에서의 면접관의 태도에서 받은 상처, 집안 형편 등 여러 가지 요인이 있었다.

'앞으로 무엇을 해야 하나?'

졸업 후 몇 달 동안 고민하면서 가족들과 많은 대화를 하였다. 쉽게 결론은 내려지지 않았다. 시간이 갈수록 허송세월하는 것만 같은 불안감이 커 갔다.

특수학교나 장애인시설에서 일할 기회가 없을까 하는 막연한 기대가 생기기 시작했다.

인터넷이 발달하지 않았던 1980년대 초에는 집에서 얻을 수 있는 정보들이 없었다. 더욱이 일반 학교를 졸업한 나는 재활병원이나 장애인시설에 대한 정보를 접할 기회는 없었다. 그래서 서점에 가서 장애인에 대한 자료가 실린 책을 찾아보고 전화번호부에 나온 연락처를 찾아 서울에 있는 시설과 학교마다 전화했다. 그러나 만족할 만한 답을 주는 곳은 없었다.

그렇다고 이웃집 아주머니가 추천해 주는 공장에 가서 일할 수는 없었다.

"우리 아이를 어떻게 보고 공장에 보내라고 하느냐?"

어머니가 거절을 하셨다. 내가 가서 일할 환경은 아니라고 생각하신 것이다. 사실 어떤 일을 하는지 모르는 곳이지만 이동과 손에 장애가 있는 나를 받아 줄 공장은 없었을 것이다.

직장을 찾는 것에서 기술을 배울 수 있는 곳을 찾는 것으로 방향을 전환했다. 봉천동에 있는 직업재활원 양재과에 들어갔다. 직업재활원에는 전자과와 시계과의 과정도 있었다. 시설 내에 초중교 특수학교와 장애인 거주시설과 CP병동(뇌성마비 병동)이라 불리는 병동이 있는 재활병원이 있었다.

손에 장애가 있는 내가 양재를 배우는 일은 별로 흥미는 없는 일이었다. 여러 장애가 있는 다양한 장애인들이 모인 그곳에서도 장애 유형에 따라 경쟁력에 뒤지고 장애인끼리 차별이 많았다.

특히 장애가 온몸에 종합 선물 세트처럼 공통으로 나타나는 뇌성마비장애인들이 옷을 만들고 전자와 시계 조립과 수리를 배운다는 것은 적합하지 않은 것이었다. 장애인끼리의 경쟁력에서도 떨어지는 것은 당연한 일인 것이다. 나 역시 옷 재단을 해서 패턴대로 오리고 재봉질을 하는 일은 어려웠다. 가위질을 잘하지 못하니 옷의 패턴이 이쁘지 않고 가봉 바느질도 느리고 고르지 않았으며 재봉질도 삐뚤빼뚤해 옷 역시 장애옷처럼 나올 수밖에 없었다. 속도도 제대로 나오질 않으니 모든 면에서 뇌성마비장애가 아닌 타 장애인에게 경쟁력이 뒤지는 것은 이상한 일이 아니었다. 과정 공부가 끝나 갈 무렵 내가 완성해 놓은 원피스를 보면서 생각했다.

내가 만든 옷을 놓고도 바느질이 잘되었다는 느낌보다 구석구석 모자란 점이 많이 보이니 남이 보기에 얼마나 모자라 보일까 하면서 스스로 긍정했다. 열심히 기술을 배워 만들어 놓은 원피스 한 점이 어깨선이 짝짝이고 솔기 하나가 삐져나온 모습인 것처럼 최선을 다해 산 나의 삶도 원피스와 다르지 않게 보일 것임에 틀림없겠다고 생각했다. 한편으로 지금의 모습이 20년 후의 내 삶의 모습은 아니라고 스스로 다짐을 하면서 노력해야 한다는 결심을 늘 갖고 살았다.

전공과마다 뇌성마비장애인이 한두 명 있었는데 이들은 나와 비슷한 환경이었을 것이다. 다른 뇌성마비장애인들이 겪는 장애인끼리의 편견과 갈등들을 보는 것은 뇌성마비장애에 대한 현실을 새롭게 깨닫게 했다. 사회보다 더 넘기 어려운 벽이 되었다.

시맥 동인들

강릉에서 올라온 한 원생이 있었는데 같은 과 장애원생들이 그에게 CP(뇌성마비 병동)에나 가라고 농담하는 것을 자주 들었다. 재활병원의 뇌성마비 병동에는 연고가 없는 최중증의 뇌성마비장애인들이 많이 입원해 있었다. 나는 그 농담에 '에고, 자격 요건이 돼서 입원을 받아 준다면야 가서 살아도 좋겠네!'라며 조건이 되는지 알아봐 달라고 우스갯소리처럼 답을 했었다.

시설에 사는 장애인들도 뇌성마비장애인을 대하는 태도는 똑같았다. 언어장애가 있어 대화도 안 되고, 얼굴은 일그러지고 걸음은 나비춤을 추는 것 같아 바보스러워 보이는 것이 사실이니 그들이 우월감을 느끼는 것은 당연한 일일 수도 있었을 것이다. 뇌성마비장애에 대한 정보가 홍수가 나듯 많이 나온 요새도 뇌성마비장애인을 인지가 부족한 사람으로 여기는 경우가 많이 있음을 보면 첫 대면에서 그리 나타나는 이미지 탓이었을 것이다.

뇌성마비장애인들은 장애인 중에서도 취업이 어렵고, 취업자는 거의 전혀 없다시피 했다. 그러니 직업재활 교육을 받아도 취업이 어려운 것은 그 당시나 현재나 다르지 않다.

직업 교육을 받는 동안에도 글쓰는 일은 여러 방편을 이용하여 계속했다. 습관적으로 써 온 일기처럼 무의식중에 글을 쓸 기회를 찾았는지도 모르겠다.

매일 즐겨 듣던 라디오 프로그램에 사연을 보내거나 이벤트 방송을 하면 글을 보내 상품을 타는 일이 많았다. 그 당시만 해도 상품의 크기는 커서 일상생활에 유용하게 큰 도움이 되었다.

일반 공중파 외의 불교방송, 평화방송의 프로그램은 나의 감성과 정서에 맞아 일상생활에서 많은 도움을 받았다. 그리고 중앙일보 시조 백일장이나 여성문예백일장, 백화점에서 하는 글 공모에 계속 응모를 하면서 입상도 여러 번 했다. 문예창작 공부는 정식으로 안 했지만, 글을 쓰는 계기를 만들고 습작의 기회가 되었다.

고등학교를 졸업하고 나서 보낸 몇 년은 신체적 장애가 살아가는 데 얼마나 높은 벽인가를 실감하는 아픈 시간이었다. 스무 살이 넘어서야 뇌성마비장애를 현실적으로 받아들이는 계기가 되었다. 사회를 바로 직시하고 장애인들과 모임 등의 활동을 시작하게 되었다.

새로운 문을 열다

…

직업훈련원에서 교육받은 1년 넘는 시간은 나의 장애를 바로 아는 것과 더불어 뇌성마비청년 활동을 시작했고 한국뇌성마비복지회와 인연이 닿았다. 직업훈련원이나 특수학교에 다녔던 뇌성마비장애인과 교류를 하게 되면서 한국뇌성마비복지회와 뇌성마비청년모임 청우회 소식을 접하게 되고 자연스럽게 그곳의 일원이 되었다.

청우회는 만 14세 이상의 뇌성마비청소년들이 소그룹을 형성하여 활동한 단체다. 어려운 여건을 이겨 내고, 뇌성마비인들 간의 상호이해와 협력을 하고 사회 재활에 긍정적인 측면에서 자조적인 힘을 기르고 친목과 사회성을 기르는 데 목적이 있었다. 1984년 6월에 영국, 일본, 한국에서 참여한 뇌성마비청소년 국제캠프에 참가했던 뇌성마비청소년들이 뜻을 같이한 데서 시작되었다.

1984년 말 내가 가입을 해서 활동을 시작할 무렵 청우회는 한국뇌성마비복지회의 많은 지원을 받으면서 월례 모임을 열고 대학생 자원봉사자들과 수련회, 뇌성마비복지회 오뚜기축제 참여 등 뇌성마비인 당사자들이 직접 많은 활동을 계획하고 이끌어 가고 있었다.

청우회 활동은 무척 흥미롭고 재미있었다. 새로운 프로그램으로 독서토론회를 만들어 운영하였는데 고전을 한 권씩 읽고 서로가 토론하는 시간은 간접 경험을 하고 견문을 넓히는 기회가 되었다. 나의 재능을 살리고 뇌성마비장애인들의 활동을 활발하게 하는 데 큰 도움이 되었다. 나이가 들어가면서 장애는 뇌성마비장애를 똑같이 갖고 있었지만, 집안의 배경과 환경에 따라 생활의 질이 달라지고 하는 일도 차이가 났다. 그것은 내게 활동의 고민을 가져왔다. 학창시절을 일반 학교에서 보내면서 5남매의 맏이면서 맏이 역할에 의무감을 느끼고 고민하는 내게 배경 좋은 친구와의 환경의 차이는 나를 상실감에 빠지게 하기도 했다. 그렇다고 누구를 원망하지도, 내가 맡은 일을 그만두지는 않았다. 내 책임은 내가 해야 한다는 어머니의 주문과 같은 가르침이 늘 나를 따라다녔고 하는 일은 즐거웠기 때문이다.

회원 중에 장애가 경하거나 대학에 다니는 회원들이 뇌성마비복지회의 가정결연사업, 오뚜기글방, 보치아 경기대회, 축구대회 등 여러 사업에 자원봉사 활동을 했다. 나도 가정결연사업과 오뚜기글방에서 자원봉사를 했다. 가정결연사업은 뇌성마비장애인의 집을 방문하여 한글과 공부를 가르치는 일이었다. 결연을 맺었던 뇌성마비아이는 할머니와 함께 사는 아이였는데 초등학교를 검정고시로 보고 늦은 나이에 특수학교에 입학하여 공부하였다. 그 아이는 현재 서울의 한 자립생활센터에서 소장으로 있다. 그 아이와 국어 공부를 할 때 시 한 편을 읽으면서 작품에 관해 이야기하고 자신의 환경을 풍자한 자작시를 아주 재밌게 써서 나를 웃게 만들었던 일을 떠올리면 미소가 절로 지어진다.

자원봉사를 했던 곳은 오뚜기글방이다. 오뚜기글방은 교육의 기회를 놓쳐 학교 정규교육을 받지 못한 뇌성마비청장년에게 초·중·고 과정을 가르쳤다.

누구나 주어진 일에 최선을 다하고자 하고 혹은 최선을 다할 수 있는 일을 찾기 위해 노력을 한다. 오뚜기글방의 나이 든 학생들과 그들을 가르치는 자원봉사자들이 그 대표적 예였다. 배운다는 것뿐만 아니라 친구들과 어울리며 사회 속으로 들어가는 연습을 하며 자신을 변화시켜 나가는 오뚜기글방의 학생들과 나의 삶 또한 그들과 함께 성장하고 있었다.

자원봉사자들은 대학생, 주부, 학원강사 등 직업도 다양하고 나이도 20대 초반의 학생에서부터 팔순의 어르신까지 있음은 물론 자원봉사를 시작한 계기도 저마다 달랐다. 다양한 삶이 모인 그 속에서 학생을 가르치는 일보다 간접 경험으로 배우는 것이 많았다.

뇌성마비 학생들도 장애 정도와 나이도 각자 다르고, 공부하는 과정도 초등학교 과정, 중학교 과정, 고등학교 과정, 수능 준비 과정으로 세분화되어 있을 뿐 아니라 그 속에서도 학습 진도가 각자마다 똑같지 않으니 그야말로 각자의 과정과 특성에 맞춘 개별교육을 받았으니 최상의 학교였다.

선생님보다 학생의 나이가 많은 경우가 많고 학생의 수보다 선생

방송통신대 졸업식

뇌성마비복지회 입사 초기 모습

님의 수가 많은 학교, 오뚜기글방은 뇌성마비장애 때문에 배움의 기회를 잃은 뇌성마비장애인의 배움터이면서 선생님과 제자가 서로에게 친구도 되고, 언니, 오빠가 되어 지내는 나눔의 학교였다.

일정한 규율과 틀에 짜여진 학교도 아니고, 거창하고 근사한 대안학교도 아니었다. 순수뇌성마비장애를 가졌거나 발달과 지체 중복장애를 가졌거나, 또는 중증이거나 경증이거나, 나이가 많거나 적거나 상관없이 필요한 학과 공부와 사회를 가르치는 데 최선을 다한 곳이다.

오뚜기글방에서 함께한 경험은 고스란히 내 삶의 자양분이 되어 한 편의 시가 되고 세상으로 나가는 데 힘이 되어 주었다.

학생들을 가르쳤던 자원봉사자 선생님도 재활의학과 의사, 교사, 약사, 회사원 등 다양한 모습들로 오뚜기글방에서 나누던 사랑을 다른 곳에서 계속 실천하고 있는 소식을 듣고 있다.

사람들은 희망은 누구에게나 주어지는 것으로 쉽게 생각하고 희망에 대하여 쉽게 이야기하지만, 역경에 처한 사람들에게 쉽게 주어지는 것이 아니라는 것을 잘 알고 있다.

자신의 희망을 위하여, 더 나아가 함께 살아가는 이 사회를 위하여 아무에게나 주어지지 않는 희망을 만들어 내는 사람들이 있기에 희망은 빛을 잃지 않는다. 오뚜기글방에서 서로가 서로에게 존중받고 존중하며 사랑받고 사랑하는 관계를 만들며 희망은 아직도 찬란한 희망으로 남았다.

스스로 찾으며 시인의 길을 열다

…

청우회와 한국뇌성마비복지회에서 활동하면서 가슴 한구석에 해야 할 일을 하지 못한 숙제 같은 무거움이 큰 돌덩이로 자리를 잡고 있었다. 바로 문학에 대한 열망이다.

문학 공부를 할 수 있는 곳으로 찾은 것이 덕성여대 평생교육원이다. 안국동에 있어 교통도 용이했으며 공부하고 싶은 과목도 두루 있었다.

심리학과 철학, 한국문학의 흐름과 세계문학의 이해 등 문학 활동에 도움이 될 만한 과목을 먼저 수강하고 시창작, 수필창작, 소설론 등을 단계적으로 들었다. 수업을 들으며 박진환, 공석하, 김진식, 한분순 등 여러 작가를 알게 되어 활동의 폭을 넓혔다.

함께 공부한 동료 8명과 동인 '시맥'을 만들어 활동을 시작했다. 정기적으로 모임을 가지며 습작의 기회를 만들어 갔다. 동인들은 연령대가 다양하고 직장인, 피아니스트, 가정주부, 대학원생 등 하는 일도 저마다 달랐다. 자신이 처해 있는 환경에 안주하지 않고 문학에서 거듭 태어난 영혼의 삶을 깨우듯 존재의 의미를 찾고자 하는 한마음으로 시를 써 가는 공통의 작업은 문학을 하는 작가들과 주위 사람들 모두에게 신선한 바람이 되었다.

1990년 동인지「노래여 순수여」를 발간하고 작은 출판기념회를 열었다.

동인 시집에는 동인 8명이 10편의 시 총 80편의 시를 실었다. 시들은 일상의 안팎으로 잠재된 가족, 일, 못 이룬 꿈, 미래에 대한 갈망 등을 다양한 소재와 주제를 그리고 있다. 시를 지도해 주었던 노시인의 말씀이다.

'우리의 삶이란 것 자체가 인내와 고통이 수반되며 그런 중에 오래 참고 자주 용서하며 어려움을 사랑으로 극복해 나가야 하는 것이다. 꽃이 진 자리에 다시 꽃이 피듯 모두의 절망과 환희를 담고 있다.'

출판기념회에는 뇌성마비 친구들이 함께해 주었다.

미리내 출판사 대표 김진식 시인은 출판사에서 개인시집을 내는데 여러 차례 도움을 주었다.

그리고 1992년 8월 월간문학지『시와 비평』에 〈산 위에서〉 외 4편으로 시조 부문 신인상을 수상했다. 당시의 심사평 일부를 보면 다음과 같은 내용이 있다.

심검당 살구꽃
최명숙 시집
따뜻한 손을 잡았네
인연 밖에서 보다
산수유 노란 숲길을 가다
노래여 순수여
詩脈同人詩集
키스하고 싶은 女子

나의 저서들

'그의 시조는 대체로 평이하다. 유별난 특징만 잡아 쓰는 것이 시의 세상이 아니라면 이 신인의 낮춘 음성 또한 다른 일면의 설득력을 지닌다 할 수 있으랴. 들리는 바에 의하면 이 신인은 장애인(뇌성마비)이며 한국뇌성마비복지회서 직장생활을 잘 하고 있는 중이라 했다.

오늘의 우리 사회가 갈수록 이질화되어 가고 적잖게 비정상적인 상황의 연속, 그 와중에 휘말려 있다고 본다면, 이 신인이 잃지 않고 지닌 서정적 자아와 감각, 선명한 서경적 이미지 도출은 오히려 일면이라 하지 않을 수 없다. 장애인이었기 때문에 되레 서경적 심상의 눈을 길러올 수 있었을 것 같다.

문제는 그러한 그의 작품 세계가 어떻게 더 심화되면서 보다 더한 공감 응력의 결을 지닐 수 있을까에 있다. 누구 아닌 그 자신이 스스로 애써 깨어야 할 것이다. 먹은 마음 잃지 않도록 끝끝까지 나아가기를….'

이 심사평 끝부분의 '누구 아닌 그 자신이 스스로 애써 깨어야 할 것이다. 먹은 마음 잃지 않도록 끝끝까지 나아가기를….' 이 구절은 내가 글쓰는데 지지대가 되었다.

시 지도를 해 주신 박진환 교수가 심사위원에게 내가 장애인임을 안 밝히고 작품만 심사에 올리고, 심사가 끝난 후 뇌성마비장애인임을 밝혔다고 한다.

등단을 할 때처럼 장애에 상관없이 시를 평가해 주는 사람이 있

『시와 비평』 신인상 시상식

는가 하면 작품보다 나의 장애를 앞세우고 그것을 이슈화시키려는 이도 있었다. 주위에서 냉대받고 아무것도 할 수 없는 상황에 있는 것을 자신이 글을 쓰게 했다고 내세우면서 상처를 준 사람도 있다. 나만의 상처로 끝나는 게 아니라 주위 사람들에게도 상처를 주기도 했다. 나를 살펴 준 데 대한 깍듯한 예의를 갖춰 주고 재빠르게 바로 그 인연과 선을 그었다. 실질적으로 큰 도움을 받지도 않았던 그 일을 계기로, 뇌성마비장애가 있는 작가인 것은 맞지만 작품 발표에 신체적 장애를 인위적으로 앞세우는 일은 피했다.

내가 장애 작가라고 앞세우지 않아도 장애는 작품 속에 고스란히 스며들어 있기 때문이었다. 어머니가 '너는 장애가 있기 때문에 이렇게 해야 돼.'라고 하지 않고 자연스럽게 장애를 받아들이게 하신 것처럼 나의 작품 세계도 작품이 중심이 되어 장애가 녹아 있음이 자연스럽게 드러나야 한다는 결심을 더욱 공고히 하게 한 내 인생의 중요한 사건이었다. 어리고 세상 물정을 모르던 시절에 겪었던 그 일이 떠오를 때면 아직도 피식 하고 씁쓸한 웃음이 나온다.

시인으로서 경력과 활동을 쌓아 가면서 발표의 기회도 많이 주어졌다. 특히 한국장애인문인협회와 『솟대문학』 활동은 시인으로서 자리매김을 하는데 든든한 배경이 되었다.

개인 시집도 내게 되고 초대시인으로 일반문학 잡지에 글을 게재하는 횟수가 늘어났다.

개인 시집은 1993년 「당신을 사랑함으로 하여」(미리내), 2001년, 「버리지 않아도 소유한 것은 절로 떠난다」(미리내), 2005년 「져버린

꽃들이 가득했던 적이 있다」(고요아침), 2011년 「산수유 노란 숲길을 가다」(도서출판 토방), 2014년 「따뜻한 손을 잡았네」(도서출판 토방), 2018년 「마음이 마음에게」(도서출판 도반), 2018년 「인연 밖에서 보다」(도서출판 도반), 2022년 「심검당 살구꽃」(도서출판 도반)이 있다.

또한 「키스하고 싶은 여자/솟대 여류 시인 15인선」(솟대) 등 여러 시인, 수필가들과 함께 공동작품집에 참여도 하였다. 남이 하찮다고 말하는 곳도 마음을 내서 참여하고 도울 수 있으면 작은 힘을 보태기도 했다. 나의 역량을 키우는데 방편으로 삼은 것이다. 무엇을 하든 첫 번에 내 입맛에 맞을 수는 없고 나의 노력이 들어야 한다. 좋은 결과가 늦게 나타나더라도 말이다.

1990년으로 접어드는 시기에는 내 인생의 새로운 막이 열린 것이나 다름없다. 등단과 개인 시집 발간, 뇌성마비청년 활동, 뇌성마비장애인을 위한 자원봉사 활동을 했던 한국뇌성마비복지회에 근무를 하게 되면서 경제적으로 안정이 되었다. 맏이 역할도 제대로 하고 작가인 나와 기관의 홍보 담당자로서의 내가 조화롭게 상호 보완적인 역할을 하였다.

언어장애가 있는 홍보 담당자

...

시인으로 길이 열려 활동을 활발히 하기 시작할 무렵 또 하나의 기쁨이 찾아왔다.

뇌성마비청소년모임 청우회 활동을 시작한 이후, 자원봉사자로, 프로그램 이용자로 내 집 드나들 듯이 드나든 한국뇌성마비복지회의 홍보 담당으로 근무하게 되었다.

취직이 되자 가족들은 1989년 위암으로 일찍 돌아가신 어머니가 나이 어린 다섯 남매를 걱정해 주신 선물과 같다고 했다.

한국뇌성마비복지회는 1978년 뇌성마비장애인 부모들이 중심이 되어 설립된 이래 뇌성마비장애인에 대한 사회의 인식을 제고하고 사회참여를 확대시키며 동시에 재활시설 확충 등을 통해 뇌성마비장애인들에게 다양한 서비스를 제공하고 있는 단체다.

나의 주된 업무는 회보인 '뇌성마비복지소식지' 발간, 언론사 홍보, 자료실 운영, 기관 주소록 관리 등이었다. 홍보 담당자이다 보니 사업마다 참여해 상황을 파악해야 했다.

제5회 한국뇌성마비복지회 시낭송회

홍보를 전공하지도 않았고 사회 초년생에 뇌성마비장애가 있는 내가 언론 홍보를 하는 것은 참으로 어려운 일이었다.

처음 일을 시작했을 당시는 컴퓨터가 널리 사용되지 않았다. 이 때문에 언론사에 홍보할 때 팩스나 우편으로 자료를 보낸 후 전화를 걸어 확인하거나 직접 방문하는 등의 방법으로 기자들과 소통해야 했다.

언론사에 전화를 걸어서 '누구누구 기자님 바꿔 주세요?' 하면, 상대방이 '장난하지 말고 끊으세요.' 하거나 대답도 하지 않고 끊는 경우가 대다수였다.

뇌성마비장애인의 특성상 긴장하거나 환경 변화가 생기면 의사소통이 잘 이뤄지지 않을 때가 종종 있었다. 상대의 반응을 장애 차별이나 편견의 측면에서가 아니라 바쁜 기자의 입장에서 생각해 보면 그 반응은 이해가 되었다. 사회 통념상 홍보 담당자의 떠오르는 이미지에 나의 이미지는 너무 상반된 모습이기에 사람들은 몇 번이고 고개를 갸우뚱거리며 놀라워하기도 했다. 이런 측면 저런 측면을 이해하면서도 나는 홍보 담당 자리가 어렵고 스트레스가 되었다.

시간이 흘러가면서 이렇게 업무를 하다가는 안 되겠다 싶어 속상해하는 대신 상대방을 이해시키고 소통할 수 있는 방법을 찾았다.

보도자료를 주로 보낸 곳은 지역의 경찰서와 구청, 시청의 기자실이었고, 때로는 신문사 사회부로 직접 팩스를 보내기도 했다. 몇 개월마다 주기적으로 상주 기자와 복지 담당 기자가 바뀌었고 기자실에 연락하면 명단 파악이 되는 시대이기도 했다.

새로운 언론사 담당 기자에게 먼저 편지나 엽서로 뇌성마비장애가 있는 홍보 담당자임을 밝히고 보도자료를 받고 나와 통화를 할 때 놀라지 말고 양해를 해 달라는 인사를 했다. 그리고 전화 통화를 해야 하는 때는 장애인이라서 말이 어눌하니 끊지 말고 기다려 달라는 부탁을 했다.

얼마간의 시간이 흐르자 기자들과의 소통은 원활해졌고 기자들 사이에서 화제의 인물이 되었으며 선배 기자가 새로 온 담당 기자에게 나에 대한 정보를 주기도 했다.

나는 언론 기자들에게 장애인 기사를 다룰 때 어려운 환경에도 열심히 살아가는 장애인의 모습을 부각해 줬으면 하는 바람을 이야기하곤 했다. 장애인들도 비장애인과 대등하게 살아가기 위해 먼저 열심히 노력해야 한다고 강조했었다.

그리고 나의 복지회 근무 세월과 장애인복지의 발전과 맥을 같이 하여 변화와 발전을 한 장애인 언론사들도 나의 좋은 조력자였다. 참 고마운 일이었다. 특히 '에이블뉴스'의 백종환 대표는 평기자 시절부터 홍보 담당자로서 나의 어려움을 이해해 주고 시인으로서 활동할 수 있도록 도와주었다.

일하는 가운데 엄한 스승이기도 했던 김학묵 회장님은 눈물을 쏙 빼게 혼내는 경우가 종종 있었다. 1978년 뇌성마비 부모들과 함께 한국뇌성마비복지회 창립에 참여하며 2001년 돌아가시기 전까지 회장직을 맡으셨다. 내가 나약한 모습을 보이면 가차 없이 혼냈던 김학묵 회장님의 꾸중은 무척 힘들기도 했으나 그 덕에 나는 일을 배

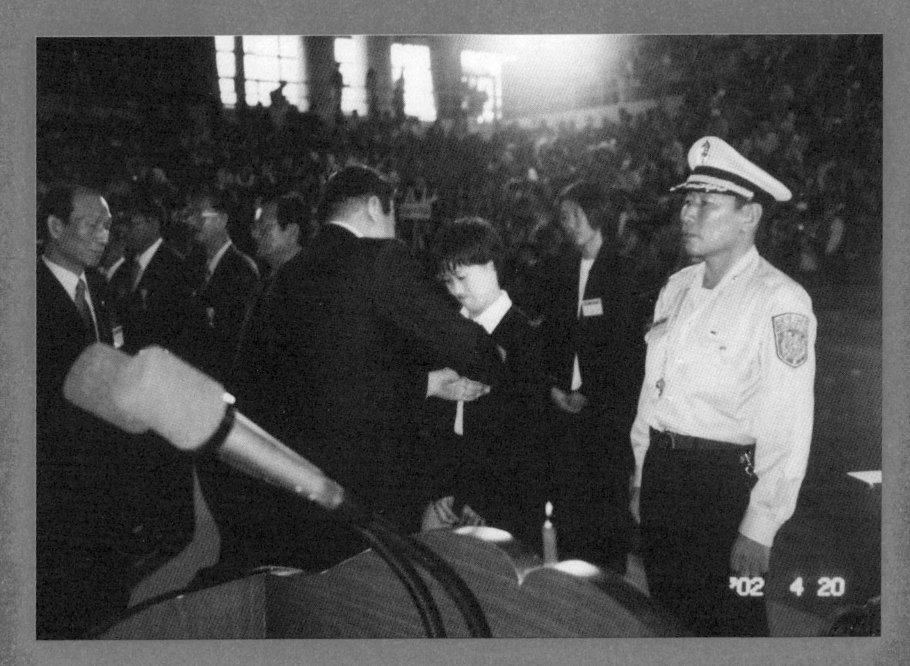

2002년 장애인의 날 대통령상 수상

故 김학묵 회장님, 이명구 전 KBS 국장님과 함께

우고 추진할 수 있었다.

뇌성마비복지회에 입사를 했을 때, 나의 집안의 배경이 든든하거나 부모님이 복지회와 깊은 관련이 있다고 오해를 하는 사람도 있었다. 또한 우리 옛말에 초록은 동색이라는 말이 있지만 같은 초록이라도 같은 초록으로 다가서게 하고 싶지 않아 하고 아흔아홉 섬을 가진 사람이 한 섬 가진 사람을 배 아파하는 모습을 보이는 경우도 있었다. 그것을 바라보며 사회의 편견과 무시보다 더 슬프고 가슴이 아팠었다.

"참 그동안 고마웠다, 미안한 점도 많다."

김학묵 회장님이 돌아가시기 얼마 전 병문안을 갔을 때 하신 말씀을 아직도 기억한다. 그때는 나는 감사할 따름인데 내게 뭐 그리 고맙고 미안한 게 많으실까 이해를 못하다가 복지회를 퇴직한 후, 밖으로 나와 객관적인 입장에서 서니, 지극히 뇌성마비장애인을 사랑하셨던 그분이 단체장으로서의 주변 환경에 대한 고뇌가 어떠했을지를 짐작하게 되었다. 내게 미안했다는 말씀을 왜 하셨는지 이제서야 어렴풋하게 이해할 수 있었다.

월간 뇌성마비복지소식을 만드는 일은 글을 쓰는 일과 상관관계가 전혀 없지 않아서 시인이라는 긍지를 놓지 않게 했다. 후원회원이 많아져서 발행 부수가 3만 부 정도까지 늘어날 때는 자부심이 컸다.

그리고 서울시청에 근무 당시 내 시집을 읽은 것을 기억한 전희구

전 노원구청 행정복지국장(전 한국뇌성마비복지회 이사)님이 복지회를 방문하여 뇌성마비 시인들의 시낭송회 개최를 제안하여 2002년부터 매년 가을 시낭송회를 개최하였다. 이 시낭송회에는 뇌성마비 시인들과 김남조, 정호승, 황금찬, 박희진 시인 외 여러 유명 시인들이 참여했다. 시낭송회에 참가했던 시인들은 시인으로 성장하여 개인 시집을 내고 좋은 글을 활발히 발표하고 있다. 내가 2016년 복지회를 퇴직하고 나서 몇 년 안 돼 시낭송회가 열리지 않게 된 것을 안타까워하는 이들도 있다.

청량사, 마음의 길 위에서 만나다

...

어릴 적 어머니 손을 잡고 절에 가고, 고등학교 때는 불교학생회 활동을 했던 것에 이어 사회에 나와서도 사찰 여행을 많이 다니고 큰 스님의 법문을 찾아 들으며 불교 속에서 살았다.

일상 속에서 길을 가다 우연히 절을 만나면 들어가 오늘 만난 모든 인연이 편안하고 원만하기를 발원하면서 참배를 했다. 삶이 따로 있고 수행이 따로 있지 않으니 삶처럼 수행하고 수행처럼 살면 되리라는 마음 중심 하나 세우고 사는 것이다.

어느 곳에서 누구를 만나든 감사하고, 서운하다는 생각, 왜 이런가 하는 낙담 같은 것은 그리 크게 다가오지 않을 수 있다.

2003년 2월 안동에 사는 근이양증 형제의 집에 문병하러 가는 길이었다. 오후 3시 넘어 안동역에 내렸다. 버스 정류장으로 향하려다 만나기로 한 형제는 까맣게 잊고서 문득 청량사에 가 보고 싶어졌다.

해도 그림자를 길게 드리우며 기우는데 한번 가 보지 않은 청량사에 가고픈 이 마음은 무엇이지 하면서 어찌 가야 하나 잠시 고민을 했다. 머뭇머뭇거리다 버스정류장에서 청량사로 들어가는 버스를 물었더니 4시 넘어 막차가 있고 1시간 정도 걸리며 버스에 내려서도 보통 사람 걸음으로 30분 넘게 더 걸어 들어가야 한다는 것이었다. 내 걸음으로는 한 시간 가까이 걸릴 거리였다. 2월 말이었기 때문에 청량사에 들어가기도 전에 날이 저물 상황이었다. 무작정 택시를 탔다.

청량사 입구에서 택시에서 내려 뉘엿뉘엿 넘어가는 햇살을 등에 지고 20여 분 걸어 청량사를 올랐다. 산길을 오르는 동안 저녁 예불 시간의 법고 소리는 내게 머물러 있는 업이라도 부수고 털어 낼 듯 온 산에 퍼졌다. 뉘엿뉘엿 넘어가는 해를 동무 삼고 이마에는 땀이 흘러 붉어진 얼굴로 숨차 하며 청량사에 도착했다.

비탈진 길을 올라 불교용품점이 있는 종각루 앞에 다다르면 수십 개의 계단을 다시 올라가야 법당과 종무소가 있었다.

종각루 밑 의자에 앉아 땀을 닦는데, 뒷짐을 진 스님 한 분이 심검당 앞에서 아래를 내려다보고 있었다. '누구길래 저녁이 다 된 시각에 힘들게 올라오고 있나? 어찌 내려가려고!' 하는 표정을 짓고 계신 듯하였다.

법당에 들어가 부처님 전에 삼배의 인사를 드리고 나왔다. 밖에서 기다리고 계신 스님은 차를 내려주셨다. 차를 마신 시간은 길지 않은 시간이었다. 무슨 대화를 나누었는지 기억은 잘 안 나지만 내려가겠다고 일어서는 내게 올 수 있으면 꼭 다시 오라고 했다. 스님의 그 말씀 한마디가 참 감사했다. 어디를 가면 다시 오라는 말을 처음 들은 것도 아닌데 힘이 되었는지 아마도 어떤 인연의 고리가 맺어져 있었을 것이다.

그 이후 매월 셋째 주 토요일마다 봉화 청량사를 찾아갔다. 삼천 배 기도법회였지만 나는 삼천 배를 하지는 않았다. 적은 날은 108배, 많은 날은 500배 정도 한 것으로 기억한다. 그러나 그날은 마음을 다잡는 날이었다. 걸림이 되고 힘듦에 비례해 만들어진 가슴의 응어리를 풀어내는 시간이 되었다. 나이가 들어감에 따라 그 세월의 모습으로 다가오는 사회는 여기저기서 없던 벽이 만들어졌으며 직장에서도 직원이라는 입장과 장애 당사자의 입장에서 동시에 장애인을 위한 프로그램들을 바라보게 되니 장애인을 위한 프로그램이 무엇이 좋고 옳은 것인가에 대해 갈등과 고민이 있기도 했기에 그것을 돌아보며 버리는 시간도 되었다. 쓸데없는 번뇌를 버리고 무엇이든 채우고자 했던 나를 비우는 시간이 되었다.

청량사를 다닌 지 1년쯤 지나서 지현 스님께서 조심스레 말씀을 꺼내셨다.

"장애인 불자 모임 한번 만들어 보는 거 어때요?"

처음엔 손사래를 치며 웃어넘겼다. 그러겠다고 흔쾌히 대답할 수가 없었다. 장애인 불자를 찾기도 힘들 뿐만 아니라 무엇보다 모임을 운영하려면 경제적, 시간적 여건이 없으면 안 된다는 것을 잘 알고 있었기 때문이다. 또한 뇌성마비장애 때문에 사람들과 대화가 힘

불교박람회에서

청량사 템플스테이에서

든 상황에서 많은 사람과 만나 모임 취지를 설명하고 설득할 자신이 없었다. 또한 직장을 다니면서 모임을 운영한다는 것은 더욱더 어렵게 생각되었다.

스님의 뜻을 잘 알면서 1년이 넘도록 답을 드리지 않았다. 장애인복지관 기관장을 하시기도 했기에 나를 이해하고 어려움이 크다는 것을 잘 아시면서도 포기하지 않으셨다. 어느 봄이 시작될 무렵 '진짜 안 만들 거예요? 한 번 더 고민을 해 봐요?'라고 목소리에 힘을 주어 말씀하셨다. 이젠 더 이상 물러날 자리가 없다는 판단이 섰다. 청량사와 인연을 안동역 이전의 처음으로 돌리거나 모임을 결성해야 하는 두 가지 중에 하나를 선택해야만 하는 시점이었다.

그래서 늦은 봄 스님께 어린 시절을 돌아보는 봄 편지 늦은 답장이라는 편지를 써서 답을 드렸었다.

엊그제 다녀와 놓고도 다시 청량사의 봄이 그리워지는 것처럼 나를 성장시킨 고향의 봄도 참 아름답고 그리운 풍경이었지요. 이엉을 이은 초가지붕, 배가 서너 개 달렸던 뒤란의 수령 높은 배나무, 사립문과 나무울타리, 집 앞의 개울과 징검다리, 송홧가루 날리던 뒷동산, 김매는 엄마를 따라가서 놀던 고구마밭 등등 참 아련하고도 고운 추억입니다.

또래 아이들과 잘 뛰어놀기가 어렵곤 했던 나에게 그만한 놀이터는 더 없었던 것 같습니다. 비척거리는 걸음으로 나무울타리를 짚고 마당 가 둘레를 하루에도 몇 번을 돌며 놀기도 하였고, 징검다리가 넘치지 않을 만큼 자작자작 흐르던 개울에서는 피라미를 잡다가 흐르는 물길에 꽃잎을 띄워 보내기도 하였지요. 꽃잎은 떠내려가다가 바위에 걸리거나 물가 둔덕에 걸리곤 하여 물 위에도 봄꽃이 핀 듯 하였답니다.

초등학교에 가려면 엄마의 등에 업혀 개울을 건너야 했는데 매일 아침, 어머니는 나를 업고 징검다리를 건너시며 주문처럼 말하곤 하셨지요.

"이다음에 우리 명숙이, 네가 가고 싶은 곳에 혼자 찾아갈 수 있을 만큼만 잘 크면 좋겠구나."

"너의 이름이 세상에 나는 것보다 사람의 맘을 어루만져 주는 일을 할 수 있다면 얼마나 좋을까? 엄마는 늘 그것을 위해 기도한단다."

그렇게 어머니의 등에 업혀 개울을 건너며 다녔던 초등학교 1학년의 봄날은 참 행복하였답니다. 스님! 어머니의 독백과 같았던 간절한 그 기도가 저를 이만큼이나마 사람 구실을 하도록 키우신 거겠지요.

점심시간에 사무실 옆 공원엘 산책하다가 복지관에서 아이를 치료시키고 돌아가는 한 어머니와 이야기를 나누었답니다.

그 어머니는 "울 아이도 선생님만큼만 걷을 수 있으면 좋겠는데, 그럴 수 있을까요?"

아무 대답도 못하고 웃기만 하였지만, 그 아이도 커서 지금의 나와 같은 느낌으로 어머니와의 봄을 행복하게 기억할 수 있기를 바랄 뿐입니다.

스님께서 보내신 봄소식 편에 서울의 봄도 활짝 열리고 있는 듯합니다. 서울과 청량사를 오가시며 복지재단 일을 비롯한 바쁜 일정을 보내시는 소식을 들으면서도 스님께 힘이 되어 드리지 못해 송구스럽습니다.

청량사의 봄빛과 스님의 미소가 곧 부처님의 미소가 되어 다가오고 늘 스님께서 저를 시선 밖에 두지 않으심을 알기에 사는 일에 긴장하게 됩니다.

아름다운 인연 그리고 청량사의 아름다운 봄, 언젠가는 그 봄을 가꾸는 사람이 되어야 하겠다는 마음 하나로 보리수 아래 터를 닦아 보려고 합니다.

고르지 못한 날씨에 내내 강건하시기를 빕니다.

청량사를 오가는 길은 보리수 아래를 결성하는 계기를 만든 것뿐만 아니라 시인으로서 글을 쓰는 데도 큰 역할을 했다. 청량사의 풍경 하나하나는 좋은 시가 되고, 수시 때때로 일어나는 마음의 파도를 잠재우는 도반이 되었다.

문득문득 청량사가 있었기에 내가 갔고 찾아간 나를 스님께서 맞아 주셨기에 나의 삶이 단단해지고 있다고 생각하곤 했다.

거대하고, 빽빽한 기암괴석으로 이루어진 열두 봉우리가 연꽃처럼 둘러쳐진 청량산의 연화봉 기슭에 꽃술처럼 자리잡은 청량사가 일상에서 편안한 휴식처가 되어 주고, 가슴 따뜻한 도반이 되어 주었다. 나 또한 많은 사람에게 가족의 구성원과 글쓰는 사람, 보리수 아래 모임 안에서 그런 사람이 되고자 하는 서원을 세우게 되었던 것이다.

보리수 아래, 깨달음에 앞서 장애인들의 터 닦기

…

보리수 아래는 처음에 4명의 장애인이 조계사 지대방에 모여 시작을 했다. 체계적인 포교 시스템을 갖춘 다른 종교단체들과는 비교할 수 없는 아주 작은 단체로 시작을 했다.

불교는 장애인들에게 거리가 먼 종교로 이해되어 왔다. 사람들에게 업에 대한 경전의 내용이 잘못 이해되어 있고 깊은 산중에 있는 관계로 편의시설이 전혀 없어 장애인은 사찰에 거의 갈 수 없다는 인식이 많아 장애인들은 불교에 관심이 적었다.

부처님의 제자 중에는 시각장애인 아나율이 있다. 밤낮으로 자지 않고 수행을 하다 그만 눈이 멀었다. 아나율 존자가 어느 날 자신의 해진 가사를 깁기 위해 바늘귀에 실을 꿰어 줄 사람을 찾는 일이 있었다.

"누구든 복을 짓고자 하는 이 있으면 내 바늘에 실을 꿰어 주시오."

아나율 존자가 말했을 때 부처님이 가까이 다가가 바늘귀에 실을 꿰어 주었다. 아나율의 실명 원인이 전생의 업 때문이 아니라 잠을 자지 않으며 정진했기 때문이며 부처님은 아나율에게 기적의 빛을 찾아 주는 대신 앞을 못 보는 아나율을 위해 바늘귀를 끼워 주셨다.

나는 실명을 하도록 열심히 수행한 아나율처럼 삶을 살고 앞 못 보는 제자를 대하는 부처의 마음으로 보리수 아래를 운영한다면 되겠다는 결심이 섰다. 나뿐만이 아니라 세상의 모든 존재는 환경적으로 홀로 존재하는 것은 없고, 서로 의지하고 도우면서 성장하고 발전한다는 것, 타인의 아픔과 고통이 곧 나의 고통과 아픔이라고 받아들며 장애인과 비장애인을 구분하지 않는 원융(圓融)사상이 불교의 장애인관이라는 것을 스스로 깨달아 가면서 그것을 장애인에게 바르게 전달하는데 여러 가지 방편을 찾았다.

장애인들에게 절에 가서 법회에 참석하고 스님들께 법문을 들으며 불교 공부를 하자고 해서는 장애인들이 올 것 같지 않아 많은 의견과 조언을 듣고 다양한 방법을 찾았다. 불교문화예술을 많이 접하게 하고 글을 쓰는 장애인들의 재능을 살려 주면서 글에 불교적 색채를 담게 하며 발표의 기회를 만들어 주려고 노력했다. 아장아장 걸어가는 어린아이처럼 앞으로 나아가며 프로그램을 늘리며 사업을 펼쳤다.

이 무렵 지현 스님은 조계종사회복지재단과 함께하는 시민행동 그리고 (사)이웃을돕는사람들 등에서 노인, 장애인, 소년소녀가장

불교박람회 저자 사인회

등 경제적·정신적으로 어려운 이웃들을 위한 일을 하시면서 보리수 아래의 운영에 음으로 양으로 지원하고 지인들로 하여금 보리수 아래와 인연을 맺어 돕게 하였다. 특히 노래 〈음악이 생의 전부는 아니겠지만〉으로 유명한 이종만 씨가 '좋은 벗 풍경소리'를 운영하는 가운데 보리수 아래 공연과 음반 제작 등 보리수 아래 사업 전반에 걸쳐 지원해 주었다.

또한 불교사회복지계에도 불교사회복지 정책 및 실천프로그램 개발, 교계 사회복지시설의 현황과 실태를 조사하는 한편 모범사례 발굴, 불교사회복지연구소가 출범하는 등 많은 변화의 바람이 불었다.

장애인들이 사찰에 가기에는 접근권이 어려운 환경이 숙제가 되기도 했다.

"사찰이 없어 절에 갈 수 없는 농촌의 불자들을 위하여 마을회관을 빌어 출장법회를 하고 길이 멀어 법회에 참석하지 못하는 아이들을 위해 경운기를 직접 몰고 집집마다 방문하며 포교를 했습니다."

고민하던 나는 지현 스님의 경험을 들으면서 절에 가서 법회를 해야 한다는 고정관념을 깨면서 보리수 아래 활동도 장애인에게 맞는 사업들을 계획해 나갔다. 장애인 포교의 진정한 보살행을 통해 행복한 미소를 지을 수 있도록 다 함께 노력해 나가자는 의지는 살면서 어려움과 역경을 자기 탓이 아닌 남의 탓으로 돌리고 싶었던 때가 많고 무엇보다도 자기 자신이 지은 허물임을 알아차리고 장애인들의 어려움을 가셔 주기 위한 노력을 하게 했다.

그러면서 회원들이 늘어나고 그중에는 불교를 바탕으로 문화예술 활동을 하고자 하는 장애인들이 많이 있었다. 더러는 불자가 아니면서 불교에 관심이 있는 장애인들도 함께하고 있으며 장애인의 능력을 개발해 주는 사업은 제한을 두지 않고 구분 없이 지원해 주고 있다.

부처님의 자비와 나눔 정신을 살리면서 장애인의 수행과 신앙생활을 넓히는 일을 기본으로 문화예술과 사회활동을 지원하는 데는 종교에 상관없이 지원이 필요한 장애인에게는 기회를 주기로 모임 운영의 방향을 설정하였다.

회원들의 인원이 적든 많든, 월 1회 정기모임을 열면서 2008년부터는 부처님오신날을 기념하는 정기 공연인 보리수 아래 핀 연꽃들의 노래를 개최하기 시작하였다. 이 공연은 장애 회원들의 시낭송과 시극, 장애인이 작사한 노래 발표, 시마임 공연, 발달장애인 피아노와 연주 등 장애인을 중심으로 한 공연을 기획하였다.

공연에서 낭송된 시는 공동작품집으로 발간을 하고 작곡되어 연주된 곡은 음반으로 만들어 보급하였다. 공동문학작품집과 음반을 같은 제목으로 〈봄길 위의 동행〉, 〈그가 내게로 오다〉, 시집 「보리수 아래 그를 만나다」를 제작하였고 창립 10주년 기념으로 「단 하나의 이유」를 발간하였다.

음반만 제작한 〈시, 그대 노래로 피어나다〉, 〈꽃과 별과 시〉는 사

결성 10주년 기념 보리수 아래 핀 연꽃들의 노래 공연

람들에게 반응이 좋아서 작사가로 초대되어 가는 경우도 생기게 되었다. 공연 기획과 음반 제작에는 '좋은 벗 풍경소리'의 이종만 씨를 비롯해 대한불교조계종 포교원과 조계종사회복지재단에서 많은 지원을 해 주었다. 그리고 '시 노래 풍경'의 진우 씨도 장애인들의 시를 노래로 만들어 보급하는 큰 역할을 했다.

언제나 손과 발이 되어 준 사람들은 아직도 좋은 인연이 되고 있다.

보리수 아래를 이끌어 가는 것은 장애인들을 위한 과정이기도 했고, 시인으로, 사회인으로서 나 개인을 성장시키는 역할도 했다.

이러한 활동이 널리 알려지면서 글을 쓰는 내 자신의 창작 활동에도 길을 열어 주었다. 불교계 신문에 칼럼을 쓰게 되고 장애인청소년 예술제 등에 심사도 하게 되었다.

화엄사 보리수 아래 작은 음악회

나의 소망은 때로 모두의 소망이기도 하다

…

'무엇이 바르게 사는 것일까?'

늘 나의 곁에 화두처럼 머무는 질문이다.

그리고 하고 싶은 일과 해야 하는 일은 어느 것을 먼저 해야 할 것인지 답을 찾으려 했다. 그러나 무엇이 옳고 그른가는 따지지 않았다. 곁에 있는 사람들의 조언이나 제안을 받아들이기도 했다. 세상이 맘대로 되는 것은 아니어서 어려움에 봉착하는 일도 많았다. 큰 상처가 되어 포기하는 일도 있었지만, 그것들은 나를 다독이고 그것을 극복하기 위한 노력을 이끌어 냈다. 그리고 도움을 주겠다는 좋은 방법들을 가지고 다가오는 사람들도 있었는데 이들을 만나면서 톨스토이의 단편소설 바보 이반을 떠올리기도 했다. 주인공 이반은 때로 함께 길을 가는 동행자가 되어 주었다.

보리수 아래는 불자로서의 신생 생활과 수행을 여법하게 해 나가는 방편이 되었고 불교 속에서 더 나은 단체를 이끌기 위해서는 나 자신이 갖추어야 하는 것도 갖추는 노력을 했다. 절에 다니면서 한 경전 공부나 교리 공부는 체계적이지 못해 3개월간의 기초교리 공부, 불교대학 공부를 하여 대한불교조계종 포교사 시험을 보았다. 직장과 모임을 병행하면서 공부를 하는 일은 힘든 일이기도 했다.

하지만 경전 공부와 교리 공부, 큰스님의 법문은 나의 문학에도 큰 영향을 미쳤다. 이슬비가 옷을 적시듯이 글마다 불교적 색채가 스며들었다.

대한불교조계종 포교사 고시를 보면서 시험장, 시험시간 등 장애인을 위한 배려를 건의하였다. 누군가를 번거롭게 하는 것이었지만 국가시험에서 장애인을 위해 배려해 주는 것처럼 포교사 고시도 배려해 주어야 한다는 생각을 했고 스님들도 장애인에 대한 이해와 장애인 포교에 관심이 높아 어렵지 않게 배려를 해 주었다. 그 이후 필요시 장애인을 위한 여러 배려가 지속되고 있다.

대한불교조계종 포교사단의 일원으로 활동을 10년째 하고 있다. 이는 보리수 아래 대표로 활동을 한다고 해도 불자들에게는 도움을 받아야 하는 장애인으로 보임은 당연했기에 포교사로서의 활동은 장애인의 인식을 바꾸는 역할을 했다. 땅에 씨를 뿌려서 싹이 나고 꽃이 피고 열매를 맺기까지 비바람도 불고 가뭄도 들고 벌레도 들끓는 어려움이 있듯이 여러 가지 어려움이 많은 10년이기도 했다. 때가 되면 열매를 맺는 이치를 알게 하는 과정이었다.

나는 여행을 자주 하는 편이었다. 어느 곳을 가든 꼭 들르는 곳이 절이었다. 기차에서 내려 시골 버스를 타면 종점에는 대부분 큰 절이 있었다. 버스에서 내려 조용한 숲길을 올라가서 품에 안기는 사찰은 여여히 나를 맞아 주었다. 맑은 풍경 소리와 예불을 알리는 동종 소리, 법당에서 들리는 스님의 독경 소리, 큰 법당을 둘러싼 산새, 어디서 왔느냐고 묻는 노 보살 등 산사의 풍경은 아름다웠다. 스님께서 '이 먼 길을 어찌 왔누!' 하면서 내려주시는 차는 세상에서 데리고 온 잡다한 일상사를 잊고 나를 찾게 하는 일이었다. 여행길에 반복되는 일이었지만, 그것은 힘든 일상의 번뇌와 갈등을 잊고 나를 바로 세우는 수행이었다. 그리고 노을이 질 무렵 타는 귀로의 기차에는 마음을 비운 흔적으로 쓴 새 시 한 편이 따라 타곤 했다.

나는 보리수 아래 회원들에게 여행에 관한 이야기, 여행지의 풍경, 차를 마치면서 스님의 소참 법문, 여행지에서 부딪친 자잘한 일상사를 들려주었다. 새로 쓴 여행 시를 들으면서 궁금해 물어보는 사람도 있었다.

여행길에서도 장애가 있는 회원들은 언제나 떠올랐고 여행에 대한 이야기를 나누면서도 회원들도 가고 싶을 텐데 하는 생각이 스치곤 했다.

그것은 나의 생각이 아니라 정말로 회원들은 여행을 가고 싶어 했다. 사찰에 가서 하루 묵는 것이 꿈인 사람이 많았다. 일반 여행을 가기도 어려운 상황이었으니 그림에 떡처럼 보일 그 열망은 대단했다. 회원들의 그 큰 열망을 보면서 고민이 되었다. 어떻게 풀어줄 수 있을까. 스님께 자문을 구하기도 하고 여행사에 문의도 하면서 방법을 찾았다. 여러 방법을 찾았으나 적당한 여건은 없었다.

그래서 보리수 아래 템플스테이와 해외불교문화순례를 계획했다. 2012년 대흥사, 2015년 마곡사, 2016년 낙산사, 2018년 화엄사에서 함께했다. 미얀마와 대만, 일본 등의 해외불교문화순례도 기획과 진행을 했다.

2012년 10월의 대흥사 순례는 강진 무위사, 백련사, 대흥사, 일지암, 보길도, 미황사를 둘러보는 순례였다. 2015년 11월 7~8일 공주 한국문화연수원에서 보리수 아래 회원과 중앙승가대학교 학인 스님 등 26명이 참가하여 '스님, 우리 함께 가을 속 피안으로 가요'라는 주제로 마곡사 탐방과 예불 참석, 명상의 시간과 시각장애 회원이 내린 커피와 함께 차담, 위파사나 명상의 시간, 무령왕릉 탐방 등으로 진행했다.

장애 불자들에게 사찰에서 스님들과 하룻밤 보낸다는 의미는 남달랐다. 집 근처의 절에 가는 것조차 어려운 우리 회원들에게 1대1로 스님들과 하룻밤 만리장성을 쌓듯이 보낸 시간은 의미가 깊어서 신심을 돈독히 하고 불자로서 바른 수행을 해 나가는데 단비가 되었다. 학인 스님들도 승가대학을 졸업하고 장애인 포교를 하는 데 도움을 받았고 현재 청각장애인 모임을 이끄는 스님도 있다.

2016년 낙산사 순례는 역시 낙산사와 신흥사, 그리고 동해를 품어 보는 시간이었다.

2018년 8월에는 한국불교문화사업단의 지원으로 대한불교조계종 19교구 본사 화엄사에서 템플스테이와 작은 음악회를 열었다.

'화엄에 들어 내 마음을 보여 줄게'란 주제의 작은 산사음악회는 발달장애 국악인 최준 회원의 피아노 연주와 판소리 '춘향가' 중 '사랑가' 공연, 지체장애가 있는 오카리나 연주가 이병선 회원과 자원봉사자 이정선 씨의 오카리나 합주, 뇌병변장애인 성인제 시인과 김영관 시인의 자작시 낭송, 동국대 힐링 코러스 태정옥 씨의 노래, 이송미 밴드 공연 등이 어우러져 화엄사 보제루 마루를 울렸고 관객들의 가슴도 함께 울렸다. 장애인들의 공연이었지만 화엄사를 참배하거나 관광하러 온 사람들이 보제루를 가득 채우며 큰 박수와 환호를 했다.

문화국장이던 무진 스님은 화엄사 성보박물관에서 화엄사의 역사에 대해 프로그램을 진행하면서 장애인들과 자원봉사자들은 마음을 터놓고 서로를 알아 가며 진솔한 이야기들을 나누는 차담의 시간을 가졌다. 무진 스님과의 인연은 아직도 이어지고 있다.

순례를 기획하고 추진하는 일은 무척 힘이 들었지만, 프로그램에 참여하는 이들은 대만족을 하며 그보다 더 좋을 수는 없었다고 이야기했다.

이어서 아시아장애인 공동시집을 발간하면서 미얀마, 대만의 중증장애인불교문화순례도 함께 시행하게 되었다.

아시아 여행, 수행의 시작과 행복이 가득

...

직장이 있어 안정된 생활을 하고 작가로서 알아주는 사람들이 있고 어머니의 기도처럼 내가 갈 수 있는 곳은 갈 수 있어 수행 삼아 여행을 가곤 했지만, 가슴 한구석 빈 허전함이 늘 있었다. 장애인들이 외국 여행을 한 소식을 듣거나 지인들이 불교문화성지순례 소식을 전해 줄 때면 나도 시작을 해야 할 텐데 하는 설레임으로 아시아 여행의 첫발을 내디딜 기회를 찾았다.

그러던 중 캄보디아의 불교문화순례를 따라가게 되었다. 캄보디아를 시작으로 태국, 미얀마, 일본, 대만, 중국 태황산, 호주를 여행했다. 한국을 떠나 먼 나라의 문화를 보고 듣고 사람들과의 낯선 만남은 견문을 넓히는 것뿐만 아니라 작가로서 내적 감성과 삶을 공고히 다져 주었다.

캄보디아에서는 바욘 사원과 타프롬 사원, 앙코르 톰 유적군인 바욘 사원, 바푸온 사원, 코끼리 테라스, 피미아나까스, 레퍼왕 테

미얀마 성지순례에서 아시아장애인 공동시집을 전달하는 모습

라스 등을 둘러보았다. 타프롬 사원은 영화 툼 레이더의 촬영지였고 영화 촬영 중에 안젤리나 졸리가 자주 들렀다는 카페 레드 피아노(The Red Piano)에서 마신 와인도 좋은 추억이 되었다. 1,000년 전 앙코르 사람들의 기적 인공호수의 톤레삽 호수 및 수상가옥 촌을 돌아볼 때는 캄보디아 사람들의 고달픈 삶을 엿볼 수 있었다.

앙코르와트에서 쓴 시 〈앙코르와트에서 날들〉이다.

밤 11시 넘어 씨엠립 공항에 내려
앙코르와트 천 년을 디딘다
문득 어느 왕조의 화관으로 피어났다는 것을
아는 사람은 없다/몇 생을 거듭해 온 역사는 나를 알아볼까?
날이 밝았다/거대한 나무뿌리에 눌려 무너지는 티프롬사원에
번창한 천 년은 금이 갔어도
보이지 않는 다른 천 년이 건장하게 존재해
영화 속으로도 걸어 들어갔음도 보았다
뜨거운 하늘 아래/눈이 맑고, 소나기 한 차례의 쉼이 있는
사람들의 나라에서 늙은 방랑의 영혼
주름진 전생이 사원에 살던 과거가 있을 법하다
동행한 늙은 피디는 낯이 익다고 한다
진즉에 알아보았음에도/모른 척한 나의 내심을 읽은 듯
밤 깊어 가는 펍스트리트 레드 피아노에서
부딪는 잔엔 허물 벗는 꽃들이 피었다

두 번 간 태국은 왓 프라탓 람빵 루앙, 왓 프라탓도이수텝, 등신불이 있는 시골의 사원 왓파릉, 씨암불교의 대표 사찰 왓탐마까이과 왓마하탓, 아유타야 등 불교사원을 순례하면서 밤에 방콕의 전통 무용극은 참 화려하고 아름다웠지만 트렌스잰더 무용수들의 사연은 가슴을 아프게 했다. 태국 여행도 장애를 갖고 여행을 하는 것은 동행을 한 사람들이나 현지 사람들에게 어려운 여행을 한다고 관심을 갖게 했다. 처음에는 여행객 중에 어울리는 것이 어려워 물에 뜬 기름인 듯했지만 필요한 도움을 요청하자 도움을 주었고 시간이 감에 따라 말을 안 해도 도움을 요청했던 상황이 되면 먼저와 손을 잡아 주고 자리를 내주었다. 스님, 일반 여행객, 가이드 등 누구나 할 것 없이 그렇게 했다. 나 또한 숙소에서 차를 사거나 달리는 버스 안에서 과일을 나누면서 감사를 표했다. 흔히 우리가 말하는 편견과 차별에 대한 경직된 사고를 유연하게 해 주었다.

미얀마는 양곤과 바간 지역을 두 번 다녀왔다.

한번은 보리수 아래 중증장애인불교문화순례를, 한번은 개화사의 미얀마성지순례에 동행하였다. 중증장애인불교문화순례는 아시아장애인 공동시집 발간사업의 첫 번째인 미얀마 시인과 한국 시인의 공동시집 「빵 한 개와 칼 한 자루」 발간사업의 일환으로 장애인, 스님, 자원봉사자 등 18명이 참가한 여행이었다. 미얀마 상징 불발을 모신 쉐다곤 파고다, 양곤에 있는 황금대탑 쉐다곤 파고다와 4개의 좌불상으로 이루어진 사면불상인 짜익푼 파고다, 일천여 명

수도승들의 생활 모습을 볼 수 있는 짜가와이수도원 등을 참배했다.

양곤 시내에 위치한 미얀마지체장애인협회를 방문하여 공동시집 원고료 및 후원금을 전달하고 교류의 시간 양곤 외곽에 있는 미얀마보장구 제작공장 삐존 치두레뚜 니삔야 세욘을 방문하였다. 미얀마지체장애인협회에는 뇌성마비장애인과 지체장애인들이 주축이 되어 우리나라 장애인단체들의 활동과 비슷했다. 공동시집에 참여했던 시각장애인 부부는 순례단을 찾아와 만남의 시간을 갖기도 했다.

두 번째 미얀마 여행에서는 미얀마를 보고 느끼는 오롯한 여행이었다. 미얀마의 심장부라고 하는 인레 호수의 어부들을 잊을 수가 없다. 푸르스름한 물안개를 헤치고 태양이 솟아오르면 인레 호수의 어부들은 고요한 호수 위를 노 저어 간다. 고요한 호수의 정적인 발걸음으로 보이지만 자연에 순응하며 이루어 내는 치열한 삶의 몸짓과 같았다.

크지 않은 그물을 당겨 물고기를 거두는 어부는 석양에 지는 노동의 춤과 같아 보였다. 그리고 만달레이 호수의 우빼인다리는 세계에서 가장 오래되고 긴 다리로 주민들은 자전거를 타고 채소를 이고 가고 스님들은 탁발을 나가고 일하러 가는 사람들의 발걸음이 이어진다. 고단한 삶을 물에 담그듯 다리 밑 호수에 그물을 던졌다. 앙상하게 마른 몸을 견뎌 가며 물고기를 낚는 인레 호수와 우빼인 호수의 어부들은 삶의 진리를 낚는 수행자 같아 보였다. 인레 호수에는 쭌묘라고 부르는 물 위의 농장이 있다. 물 위에 가는 나무를 촘촘히 묶고 진흙과 물풀을 번갈아 쌓아 만든 밭에는 채소와 꽃 등을 재배한다고 한다. 말만 들어도 물 위에서의 농사가 얼마나 처절한 농사인지 짐작이 갔다.

인레 호수를 지나는 동안 배 탄 어부들의 고기잡이를 가까이서 보고, 멀리 있는 쭌묘에 관한 이야기를 전해 들으며 시를 한 편 썼었다.

인레 호수의 농부-미얀마 물 위 농장 쭌묘

작은 조각배를 타고 희망을 일구는/인레 호수의 농부를 보았네/호수 깊이 대나무를 꽂고/뿌리를 엮어 띄워/아들은 물풀을 얹고/아버지는 진흙을 덮고 덮어 온/고단하고 처절한 노동의 터전은/물 위의 기적 같아 보였네

광활한 물 위에서 채소를 기르고/매일 아침 부처에게 공양하는/기도의 꽃 한 송이 키우는 꽃밭에는/인생의 진리를 거두는 노래가 가득 보였네

없는 살림살이가 물 위에서도 팍팍해도/가족과 벗, 이웃에게 들려주는 꽃은/덧없을 생의 순간마다/오체투지 수행자의 몸짓으로/주는 더없는 선물을 보았네

가없는 미소의 부처에게/바치는 무아의 공양이었네

2019년 제16차 샤카디타 세계불교여성대회에서

부탄에서 활동하시는 영국 출신 엠마 슬레이드 스님과 함께

두 번의 미얀마 여행은 보리수 아래가 아시아장애인들과 교류를 시작하는 첫발이었고 불교의 나라에서 강대한 사원과 고단한 삶을 기쁘게 살아가는 현지인들의 생활을 생생히 느끼며 나를 찾아가는 성찰과 수행이 있던 여행이었다.

2019년 6월에는 호주에서 열린 제16차 샤카디타 세계불교여성대회에 참석하였다.

'샤카디타'는 '석가모니의 딸들'이라는 의미로, 전 세계 여성 불자들이 모인 단체이다. 샤카디타 세계불교여성대회는 부처님의 자비를 구현하기 위해 비구니와 여성 불자가 2년마다 모이는 대회이다.

아시아를 넘어 대만과 태국, 네팔과 독일, 미국 등 28개 국가에서 비구니 스님들과 여성 불자 등 800여 명을 비롯해 호주 현지 불자 등 2천여 명이 참가했다. 불교 문화권이 아니라 최초로 서양권에서 열려 큰 의미가 있는 행사였다. 그리고 여성 인권이 낮은 아랍권에서도 참석했는데, 평등으로 나아가기 위해 경전을 번역하는 등의 활동이 소개되기도 했다.

한국에서는 전국비구니회 회장 본각 스님을 비롯한 스님들과 여성 불자 130명이 참가하였다. 나는 동국대학교 힐링코러스 합창단의 찬불가 작사가로 참석을 했다.

많은 참가자 가운데 여성 장애인은 볼 수 없었다.

샤카디타 세계불교여성대회 둘째 날 일행들과 점심 공양을 하고 있는데 서양 스님 한 분이 다가오셔서 합석하셨다. 부탄에서 활동하고 계신 영국 출신의 엠마 슬레이드 스님으로, 내가 장애인이니 관심이 있어 일부러 다가오신 것도 같다.

스님은, 영국에서 유능한 금융전문가에서 서양 출신 첫 부탄 여성 출가자로 수행의 삶을 사시는 분이었다. 점심식사를 하는 동안 부탄의 장애인들을 위한 불교사회복지사업도 하시는 것으로 잠시 대화를 나누었다. 보리수 아래 영문 안내문과 아시아장애인 공동시집(한국-미얀마, 한국-베트남 편) 두 권을 드렸다. 제16차 샤카디타 대회가 준 좋은 만남, 예사 인연은 아닌 듯하였다. 인연의 맺음, 수행의 동행, 무엇인가 지속할 부처님의 뜻이 있었으리라는 예감은 아직도 지속되고 있다.

한국을 떠나 아시아의 여러 곳을 다닌 여행은 내 생의 삶을 풍부하게 해 주고 수행의 또 다른 방편이 되었다. 좋은 인연도 만나 새로운 안목을 가지게도 되었다.

아시아장애시인, 장벽 넘어 문학으로 하나 되게 하다

...

장애를 갖고 세상 살아가는 일은 크든 작든 녹록지 않다. 장애인이 살기 좋아졌다고는 하지만 어딜 가든지 넘기 힘든 장애물이 많고, 수시로 다가오는 일상의 걸림돌은 앞으로 나가는 것을 주저하게 만든다. 특히 장애인들이 외국 여행을 하거나 외국의 장애인들과 교류하기는 쉽지 않다. 특히 아시아 국가의 경우 장애인 교류는 더 어려울 것이다. 장애인 편의시설이 갖추어져 있지 않고, 소통할 수 있는 언어의 장벽이 높기 때문이다.

보리수 아래가 커 가면 회원들의 바람이 무엇인지에 관심을 더 기울이게 되고 그들의 바람을 이루어 주는 방법을 숙제하듯이 찾았다.

2016년 봄이었다. 오십의 중반을 넘어서면서 직장 등 앞으로 어떻게 살아야 할지를 고민하며 봄빛 가득한 봉은사 선불당 툇마루에 앉아 대화를 나누고 있었다. 한 무리의 동남아인들이 참배하러 밀

려왔다. 왁자지껄 소란한 사람들 틈에 뇌성마비장애인이 한 명 있었다.

이야기를 나누던 친구가 '동남아 국가에도 너 같은 장애인이 있나봐?'라고 물었다. 친구에게 '동남아뿐만 아니라 세계 어느 곳엘 가든 장애인은 있지, 다만 환경이 열악한 동남아 국가는 아직 장애인, 특히 뇌성마비장애인은 밖으로 나오는 경우가 드물 순 있어.'라고 답을 하였다. 그러면서 동남아 국가의 장애인 중에도 글을 쓰는 작가들이 있을 텐데 하는 생각에 해외 성지순례를 가 보고 싶어 하는 회원들의 바람이 오버랩되면서 '아하, 이거구나!' 하게 되었다.

봉은사에서 스치듯 만난 동남아 장애인이 아시아장애인 공동시집 발간의 계기를 만들어 준 것이다.

오랜 고려 끝에 찾은 해법이 '아시아장애인 공동시집'이다. 한국과 상대 아시아국 장애인들의 문학작품을 두 나라 언어로 동시에 번역하여 수록, 발간하는 것이다. 그동안 2017년 미얀마, 2018년 베트남, 2020년 일본, 2021년 인도네시아 작가 등 총 39명이 참여하였다.

첫해 미얀마 작가들과의 교류는 시인 13명의 시 44편(번역본 포함 88편)을 미얀마어와 한국어로 번역하여 「빵 한 개와 칼 한 자루」를 펴냈다. 발간 후 미얀마 불교문화순례 프로그램을 기획해 한국의 장애인 작가들과 자원봉사자들이 현지를 방문했다. 미얀마지체장애인협회 양곤지부에 시집과 원고료, 후원금을 전달하고 작가들과 만남의 시간을 가졌다.

2018년 베트남과의 교류 시집이 발간될 때는 하노이의 한국문화

대만 성지순례

원과 하노이대 레딩 환 교수 등의 도움으로 「시로 엮은 내 사랑을 받아 주오」로 발간했다. 베트남 작가들은 번역을 맡은 하노이대 레당 환 교수를 비롯한 비장애 작가들과 함께 와 북콘서트, 장애인복지관 견학, 서울 관광 등의 일정을 소화했다. 베트남의 고전시 형식의 시를 주로 쓰는 응우엔 시인은 시상이 떠오르면 시를 몽땅 암기해 기억하곤 하는데 남산 한옥마을 관광 중 즉석에서 시를 지어 낭송해 큰 박수를 받았다.

코로나19가 온 세계를 덮친 2020년에는 일본과 한국의 시인 8명의 시 42편을 수록한 「우리가 바다 건너 만난 것은」을 발간하였다. 코로나 펜데믹으로 오프라인 접촉이 어려워 신문 기사 검색과 SNS 등을 통해 지명도 높은 작가 섭외를 했다.

2021년 인도네시아 교류도 2020년과 같이 코로나19 기세가 더 등등할 때도 한국인니문화연구원에서 도와줘 공동시집 「내가 품은 계절의 진언」을 펴냈다. 인도네시아 작가들을 한국에 초대하지 못한 까닭에 한국인니문화연구원을 통해 원고료와 시집을 전해 주었다.

아시아장애인 공동시집은 한국의 작가와 외국의 참여작가들에게 문학을 통해 장애와 언어 장벽을 넘어 상호교류의 장을 넓혀 주고 장애 문인들은 어려운 환경 속에서 단어 하나, 문장 하나에 온통 정성을 다 쏟으며 창작 활동을 하고 있다.

장애시인들의 바람은 나라, 지역, 언어, 환경, 남과 여 모두가 같을 것이다.

"내 시가 외국어로 번역될 줄은 꿈에도 몰랐어요."

두 시간 넘는 거리를 달려와 만난 미얀마 시각장애 시인 미앗 쭈 에잉(미얀마 시각장애인학교 사서)이 눈물을 흘리며 한 말이다.

베트남의 고전시 형식의 시를 주로 쓰고 시상이 떠오르면 시를 몽땅 암기해 기억하는 응우엔 시인은 남산 한옥마을 관광 중 즉석에서 시를 지어 낭송했다.

"글을 쓰는 일은 지금의 내가 되기 위한 길이다. 시를 통해서 내가 일어선 것처럼 내 시를 읽는 사람 모두 희망을 포기하지 않고 살아가길 바란다."

뇌성마비장애인 호리에 나오코 시인이 한 말이다.

아시아장애 시인들은 장벽을 넘어 문학으로 하나가 되는 싹을 틔우며 자라고 있다. 이들의 꿈이 커 갈 때 나 역시 함께하며 작가다운 작가로 자리를 만들 것이다.

편집주간의 자리에서 작가로서 꽃을 들게 하다

...

서울 개화사 송강 스님이 인연을 맺어 주신 도서출판 도반에서 개인시집 「마음이 마음에게」, 「인연 밖에서 보다」를 내게 되면서 새로운 일이 늘어났다. 도반의 편집주간을 맡게 된 것이다. 우리나라 전통한지 고서 편집 방식으로 한지 경전을 만들고 스님들과 일반 작가들의 작품집을 내고 있다. 보리수 아래 감성 작가들도 중요한 저자들이다.

2019년 말부터 코로나19가 급격하게 퍼지면서 보리수 아래 중증장애인들도 손발이 묶여서 활동을 전혀 할 수 없게 되었다. 일상의 묶임은 나도 예외일 수 없는 일이기에 어느 것이 좋은 방법인지 많은 고민을 했다

보리수 아래에는 글쓰는 장애인들의 삶을 사는 향기가 가득한 글들은 그 자체로 좋은 작품이요, 한 걸음 한 걸음 나가는 삶의 수행이라는 것을 잘 알고 있었다. 좋은 작품을 쓰고 있지만, 작품 발표의

2018년 베트남 아시아장애인 공동시집 북콘서트에서

2019년 대한민국장애인문화예술대상 수상

2018년 대한민국 인권대상 장애인돕기 봉사 부문 수상

기회가 적고 작품성을 인정받기도 어려운 현실이 안타깝기도 했다.

이들이 글쓰는 작가로 활동을 할 수 있게 지지해 주는 것은 중요한 일이다. 글쓰는 동료로, 이들의 활동을 돕는 단체의 일원으로서 해야 하는 일이다.

코로나19로 인한 최악의 사회적 환경, 회원들에게 해 줄 수 있는 것들이 거의 없는 상황에서 회원들과 소통하며 내린 결론은 개인 시집을 발간하자는 것이었다. 도서출판 도반의 대표와 머리를 맞대고 어떻게 시집을 낼 것인가 효율적인 방법을 찾았다. 마침 소량 출판의 시스템을 가지고 있던 도반의 출판 구조가 보리수 아래 감성 시집을 무리 없이 낼 수 있도록 했다.

2020년 2월에 보리수 아래 감성시집 첫 시집 성인제 시인의 「행복한 기다림」을 내기 시작하면서 보리수 아래 작품집 13권을 발간했다. 「행복한 기다림」(성인제), 「미안 인생아」(이경남), 「등대」(홍현승), 「시에는 답이 없어 좋다」(김영관), 「사다리 정원의 궁전」(이순애), 「수박 속같이 붉은」(성희철), 「이곳에서 저 끝을 바라보면」(장효성), 「우리 사랑」(고명숙), 「한 조각 사랑 편지로」(김소영), 「승화의 노래 내게 오신 님」(유재필), 「당신을 닮은 오늘」(성인제), 수필집인 「내 마음속엔 아름다운 나타샤가 있어」(윤정열) 등 12권이다.

보리수 아래 감성작품집 발간은 작가들에게 코로나19를 극복하는 데 큰 영향을 주고 작가로서 큰 성장을 하게 하여 사회적·문화적 활동을 넓히게 했다. 보리수 아래 감성 작품집을 접한 사람들이 문예잡지, 회사의 사보, 성당의 주보 등에 게재할 원고청탁을 해 오고 자방자치단체장의 취임식 축시 낭송 의뢰가 들어오는 등 다양한 영역에서 작품집이 돋보이게 되었다. 그리고 홍현승 시인의 「등대」가 2020년 세종도서에, 장효성 씨의 「이곳에서 저 끝을 바라보면」이 2022년 세종도서에 선정되었다. 이런 성과들은 작가들에게 자부심을 느끼게 했다.

또한 이 작가들은 서울국제불교박람회와 서울국제도서전에서 도서출판 도반의 대표 작가로 참가하여 독자들과 만났다. 장애인으로서가 아니라 출판사의 주요 작가로 가는 것이다.

작품집 발간은 작가들뿐만 아니라 불교계 장애인 인식개선에도 큰 역할을 했다.

보리수 아래의 모든 활동은 장애인들의 불교에서의 신행 생활과 사회 재활, 문화예술 활동을 지원하는 것 외에도 불자들에게 장애인들도 무엇인가 도전하고 이루어 나간다는 것을 보여 주고 자연스럽게 장애를 이해하고 편견을 없애는 역할을 했다.

불교계에 퍼져 있는 장애인에 대한 인식을 새롭게 하기 위한 사업과 사찰의 접근권을 높이기 위한 일들을 지속적으로 병행했다.

2017년 법정 장애인의 개념과 장애인을 대하는 에티켓을 담은 '알아두면 좋은 장애인에 대한 에티켓'을 제작해 전국 사찰에 배포하였다. 2022년에는 전국의 사찰 100여 곳을 직접 방문하여 편의시설 현황을 조사한 보리수 아래의 장애인이 가기 좋은 절 조사연구 사업으로 '이 절에 가면 이만큼 되어 있어요'를 제작했다.

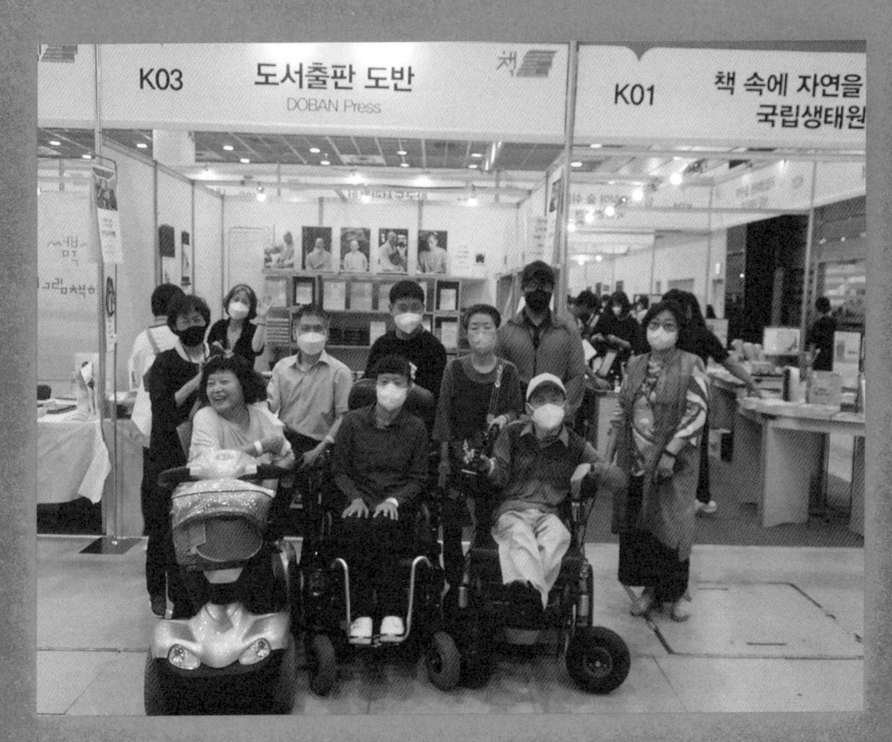

국제도서전

일반 사회에는 아직도 '사찰은 편의시설 등을 갖추지 않아 불편하고 장애인을 위한 배려가 없다.'라는 인식이 커서 많은 사찰이 전통과 현대가 잘 어우러져 장애인이 전통 문화재를 돌아보면서 법당 참배까지 할 수 있는 환경을 갖추고 있으면서도 홍보가 잘 안 돼 있었다.

장애인 등 사회적 약자가 접근하기 쉬운 환경을 갖춘 사찰을 파악해 사회 전반에 알리고 사찰에는 장애인 편의시설 설치에 관심을 끌게 하는 데 목적이 있었다.

이 외에도 불교계 신문에 칼럼, 특별기고를 통해 장애인의 활동을 알리고 정책 건의, 불교계 장애인 인식개선과 벽 허물기 운동을 했다. 장애인은 불교를, 비장애 불자는 장애인을 서로 이해하고 실천으로 다가서기를 했다.

나는 시인- 내 삶의 근본, 모든 일의 시작은 여기서부터

…

나는 시인이다. 그리고 내게는 여러 개의 직함이 있다. 보리수 아래 대표, 한국뇌성마비복지회 이사, 도서출판 도반 편집주간, 대한불교 조계종포교사단 포교사 등등 참 어깨가 무거워지면서 고마운 것들이다. 장소와 때에 따라 나와 동행하면서 각각 나의 이름 앞뒤에서 불린다.

이것은 시를 쓰는 시인인 것에서부터 시작한 것이다. 그리고 어릴 적부터 어머니 손을 잡고 절에 가던 거기서부터 나의 시는 시작되었다.

숲은 푸르게 하나인 듯 보이지만 수많은 풀과 나무가 각기 제 모습으로 자라 꽃을 피우고 열매를 맺어 숲이 된다. 작은 골의 샘에서 시작한 물이 한길을 흘러가는 듯하지만 다다르는 곳은 다 같지 않다. 밤의 호수는 어둠의 그늘에 가린 듯해도 가슴을 열어 달을 품어 안는다. 거친 바다에서 어둠을 딛고 솟아오른 해는 환한 아침을 맞이한다.

이렇게 존재하는 것들과 살아가면서 숲의 나무 한 그루이었다가

먼바다에 이르는 물 한 줄기이었다가 달을 품는 어느 밤의 깊은 호수가 되고도 싶은 나였다. 폭풍이 지나간 바다의 아침을 비추는 햇살을 그리고 있기도 했다.

나의 인연의 안과 밖에는 내가 있기에 기쁨과 즐거움, 보냄과 기다림을 적었다.

여행길에서 실수로 꽃 한 송이를 꺾어 나도 모르는 사이에 나로 인해 상처가 난 사람이 있음을 알고 아프게 적기도 했고, 소외되고 팍팍하게 살아가는 이들에게 위로가 되었으면 하는 바람도 적었다.

큰 스님께서 주시는 명품의 차를 마시고도 명품인 줄을 알아차리지 못하고 다른 자리에서 이름만 같은 차를 마시면서 깨닫던 순간이 있었다. 이런 알아차림이 글을 쓰는 과정이요, 삶인 것이다.

보고 느끼고 혹은 늦은 깨달음 속에서 담담히 살고 한 편의 시를 적고 주어진 책임을 다하는 일상, 곧 행복이다. 그리고 감사함이다.

바람 결의 풍경처럼 바라보는 세상은 언제나 살 만하다.

'너의 이름이 세상에 나는 것보다 사람의 맘을 어루만져 주는 일을 할 수 있다면 얼마나 좋을까?'

어머니 등에 업혀 개울을 건너며 듣던 말, 아직은 어머니의 간절한 기도이기도 했던 그 말을 이루기에는 부족함이 많다.

좀 더 정진수행하고 좀 더 많은 사람과 손을 잡고 동행이 되어 살아야 하리라.

최명숙

동덕여자고등학교 졸업
한국방송통신대학교 국어국문학과 졸업
경희사이버대학교 사회복지학과 졸업

『시와 비평』으로 등단
한국문인협회, 현대불교문인협회, 한국불교아동문학회, 국제문단문인협회,
한국장애예술인협회 회원
보리수 아래 대표
한국뇌성마비복지회 이사, 도서출판 도반 편집주간

〈수상〉
시와 비평 신인상(1992)
한국곰두리문학상(1992)
구상솟대문학상(2002)
장애인의 날 유공자 포상 대통령 표창(2002)
불교활동가상(2013)
대한불교조계종 포교대상 원력상(2015)
대한민국장애인문화예술대상 문화체육관광부 장관상(2015)
서울복지상 우수상(2016)
대한민국인권대상 장애인봉사 부문(2018)
대한민국장애인문화예술대상 국무총리상(2018)
올해의 10대 불서 선정-시집 「심검당 살구꽃」(2021)

〈저서〉
「심검당 살구꽃」, 「인연 밖에서 보다」, 「마음이 마음에게」, 「따뜻한 손을 잡았네」,
「산수유 노란 숲길을 가다」, 「저버린 꽃들이 가득했던 적이 있다」, 「버리지 않아도 소유한 것들은 절로 떠난다」

공저 「노래여 순수여」, 「스승이 쓰는 수필」, 「제자가 쓰는 시-목련꽃 환한 계단에서의 대화」, 「키스하고 싶은 여자」 등